# Utan ansvar

# Utan ansvar

Ulla Bolinder

*Tidigare utgivning*

Övergreppet 1997
Hoppa in då! 1998
Någonstans inom oss 1999
Hela mig 2001
Utsaga 2005
Gärningsman 2006
Intrång 2009
Uppsåt 2010
Domslut 2011
Livstid 2012
Trauma 2014
Går i alla gårdar 2015
Kontroll 2016
Övrig händelse 2017
I din himmel 2019
Onda ting 2020
Oviss utgång 2021

© Ulla Bolinder 2022
Omslagsfoto: Pixabay
Förlag: BoD – Books on Demand, Stockholm, Sverige
Tryck: BoD – Books on Demand, Norderstedt, Tyskland
ISBN: 978-91-8027-825-6

Alla är ansvariga inför alla för allt som sker på jorden.

*Fjodor Dostojevskij*

# FRIDA

Jag har träffat Moa. Hon har läst min bok om Sandras död och vet att Mats och jag är ihop nu. Hon skämtade och sa: "Är du säker på att han inte är en mördare då?"

Ja, det är jag. Jag har haft mina tvivel, men nu är jag fullkomligt säker, och det har jag talat om för Maja.

– *Tror du på pappa, Frida?*
  – *Hur menar du?*
  – *Att det inte var han som dödade mamma.*
  – *Ja, det gör jag. Det gick till som han berättar i boken. Har ni inte pratat om det?*
  – *Nej.*
  – *Varför inte?*
  – *Om jag börjar fråga saker är jag rädd att han ska tro att jag inte tror på honom. Men jag vet att han inte gjorde det. Det var bara som jag trodde när jag var liten.*

Det gick fortare än jag hade räknat med att skriva boken. Nu är den utgiven och finns tillgänglig både som tryckt bok, e-bok och ljudbok. Vi valde egenutgivning och print on demand för att spara tid. Ljudboken var det ett förlag som på eget initiativ erbjöd sig att producera.

Uppmärksamheten den fick var positiv men kortvarig. Nu är det ingen som bryr sig om den längre. När varken Mats eller jag ställde upp på några intervjuer eller gav några kommentarer i media dog intresset ut. Mats ville inte att boken skulle skrivas för hans skull utan för Majas, för att hon skulle kunna läsa om sina föräldrar och dra sina egna slutsatser om vad som hände när hennes mamma blev dödad.

*– Tyckte du att det var jobbigt att läsa om det som hände när du var liten?*

*– Inte speciellt. Jag läste inte precis allt, och jag frågade pappa om saker jag inte fattade, så det var inte så jobbigt.*

*– Bra.*

*– Jag tycker att det var bra att du skrev det, för annars hade jag inte fått veta hur det var. Jag trodde ju att det var pappa som hade gjort det.*

*– Mm.*

Jag hade lämnat polisen och arbetade som handläggare på Försäkringskassan när Mats tog kontakt med mig och frågade om jag kunde tänka mig att skriva en bok om hans fall. Han hade läst min bok om kvinnomisshandel och hade fått för sig att jag kunde vara rätt person att skriva om Sandras död. Jag var tveksam först, men när vi hade träffats bestämde jag mig för att göra det, trots att jag inte hade så stor erfarenhet som författare. Det var under arbetet med boken som vi blev bekanta. Sen, när den var klar, fortsatte vi att träffas.

Jag älskar honom.

*– Frida?*

*– Mm?*

*– Jag är jätteglad att pappa har träffat dig.*

*– Tack, det var snällt sagt.*

*– Och vet du varför?*

*– Nej?*

*– För att du älskar honom.*

*– Ja, det gör jag.*

*– Du älskar honom mycket mer än mamma gjorde.*

*– Är det så du minns det, eller är det så du tror efter att ha läst boken?*

*– Båda delarna. Mamma var knäpp, och det visste jag redan när jag var liten.*

Mats är handlingskraftig, ansvarsfull, självständig och fri. Han bor fortfarande kvar hos sin bror, som han flyttade till direkt efter frigivningen, men han har återupptagit kontakten med Maja, och han har fått tillbaka sin läkarlegitimation och börjat arbeta på en privat psykiatrisk öppenvårdsmottagning som en tidigare kollega till honom förestår. Allt ordnades i förväg, medan han fortfarande satt inne, så att han kunde börja arbeta så fort som möjligt när han kom ut. Nu hjälper han människor igen, genom sin medkänsla, inlevelseförmåga och respekt. Om jag skickade Fabian till honom, tänker jag ibland, skulle han bemöta honom på samma sätt, trots allt hemskt han har gjort, och trots att han som person är raka motsatsen till Mats.

Själv är jag inte ett dugg förstående och tolerant när det gäller min bror. Jag kanske var det förr, när jag fortfarande hyste hopp om honom, men det hade jag ingenting för, så det slutade jag med. Nu blir jag arg bara jag tänker på honom. Eller om det är mig själv jag är arg på som lät honom behandla mig som han gjorde.

Men i motsats till Fabian har jag lyckats förändra mitt liv till det bättre. Moa frågade om jag inte längtar tillbaka till jobbet på Försäkringskassan, men det gör jag inte. Det är hos polisen jag hör hemma. Men den yttre tjänstgöringen saknar jag inte. Vi som jobbade i utryckningen hade rykte om oss att vara offensiva och motiverade. Vi hördes på radion och högg på jobben. Men jag hade börjat tröttna på alla rutinuppdrag och vardagsbrott. Fotbollsmatcherna, demonstrationerna, konserterna, trafikkontrollerna, snatterierna, stölderna, skadegörelsen, spriten, drogerna, våldet, krogbråken, familjebråken, suicidlarmen... Jag trodde inte längre på devisen att jag kunde göra skillnad och skapa säkerhet och trygghet i samhället. Jag trodde inte längre att jag kunde förebygga och förhindra brott. För så var det ju inte. Och det som sen hände fick mig att lämna polisen. För alltid, trodde jag. Men en gång polis, alltid polis, som man brukar säga. Så nu är jag tillbaka, men inte som ingripandepolis utan som mordutredare. Jag tjänstgör inte i min hemstad längre, men jag hoppas kunna återvända så småningom för att slippa pendla. Och det är på hemmaplan jag helst vill jobba. Men nu är det Stockholm som gäller. Och jag trivs där också. Jag har ett fint tjänsterum på polishuset och nya kolleger i utredningsgruppen som känner till min bakgrund men inte dömer mig. Vi är ett bra team.

Grova brott-gruppen består av personer med olika specialiseringar, så förutom mordutredare deltar poliser med annan kompetens, som till exempel kriminaltekniker, ballistiker och forensiker. Jag tycker om att vara en del av det stora maskineriet. Jag känner att jag behövs och gör nytta. Mycket av mitt nuvarande arbete består av registerspaning, det vill säga att gå igenom både polisiära och allmänna dataregister. Det kan handla om vanliga bakgrundskontroller eller att ta fram positionering av mobiltelefoner via operatörerna eller ekonomisk kartläggning via banktransaktioner och inköp. Arbetet består också av att hålla förhör med vittnen, brottsoffer och misstänkta, och det är den delen av jobbet jag uppskattar mest. Jag tycker om att prata med folk, lyssna och hålla förhör. Jag tycker om att skapa förtroende och få vittnen och misstänkta att öppna sig och berätta.

När jag pratar med ett vittne eller förhör en misstänkt får vederbörande först berätta fritt från början till slut utan att jag avbryter. Jag sitter tyst och ger bara uppmuntrande fortsättningssignaler i form av nickar, blickar och enstaka ord. Under tiden antecknar jag punkter som jag vill återkomma till. Sen ställer jag mer slutna frågor för att fylla ut luckor i berättelsen och få fram fler detaljer.

Och jag tycker om ögonblicket när ett erkännande äntligen kommer, när alla korten ligger på bordet och hela händelseförloppet till slut är klarlagt. Förmildrande omständigheter kan göra att jag känner förståelse och sympati, men erkännandet kan också få mig att fyllas av avsky och förakt beroende på vad det innehåller och hur det läggs fram.

Mitt liv är lugnare nu. Mats har hjälpt mig genom att lyssna på mig, och jag har berättat allt om skjutningen in i minsta detalj. Han har förklarat vad jag drabbades av efteråt, och han har fått mig att förstå att jag inte behöver skämmas över allt dumt och konstigt jag gjorde när jag var som mest förvirrad. Men minnena dyker upp ibland, och då är jag glad att jag inte är kvar därute. När jag såg att det fanns en ledig tjänst som utredare sökte och fick jag den och kunde gå tillbaka till polisen utan att behöva arbeta som IG-polis igen. Eftersom jag återvände direkt från jobbet på Försäkringskassan och inte träffade mina tidigare kolleger igen, slapp jag också eventuella gliringar i stil med att jag hade "krupit in på krim" eller blivit en "Birkenstock-snut". I själva verket var nog alla bara glada att bli av med mig. Jag fick en kort internutbildning, och nu tjänstgör jag alltså som utredare i Grova brott-gruppen och känner tydligt att jag har hamnat på rätt plats.

# FACEBOOK

## Linda Palmqvist

Tänk om någon sagt till dig för några år sedan att om ett par år så är det obligatoriskt att spruta i sig ett otestat läkemedel om och om igen? Tänk om någon sagt att du skulle ta avstånd från dina medmänniskor bara för att de inte tyckte som du? Att vi skulle segregeras från varandra med skyltar som visade att våra medmänniskor som valt att inte injicera sig inte var välkomna? Att vi i framtiden ska ha ett pass som visar att vi böjt knä för ett galet narrativ och som vi inte får behålla om vi inte fortsätter att injicera oss med detta läkemedel? Att vi fick restriktioner rörande hur länge vi fick vara på krogen, blev tvingade att bära munskydd, inte fick resa som vi ville? Att vi skulle utsättas för massiv censur i precis all media?

## Gudrun Hagström

Om någon för fem år sedan hade påstått att man inom en snar framtid skulle tvingas ta en spruta och visa sina papper för att få lov att gå på bio hade man trott att han var vansinnig. Men i dag ses det som mer eller mindre normalt.

## Ylva Borén

Citat: "Vaccinpassen är varken en proportionerlig eller lämplig åtgärd för sitt tänkta ändamål. De ligger i konflikt med grundläggande rättsliga principer och medför många allvarliga risker. Men Folkhälsomyndigheten försvarar bevisen.

– Att undvika att samla många ovaccinerade på samma plats för att minska riskerna för svår sjukdom är den stora betydelsen av vaccinationsbevisen, säger Britta Björkholm.

Hon tillägger att det handlar om att minska trycket på vården, men understryker samtidigt att vaccinationsbevis som enda åtgärd inte är särskilt effektivt för att hämma smittspridningen."

**Anna Stenvall**
Jaha? Och hur ska friska, ovaccinerade människor som samlas på samma plats kunna smitta varandra och drabbas av "svår sjukdom" menar hon?

**Sylvia Brundin**
Ur flödet
Han låter henne inte besöka vänner eller familj. Han har fått henne att stoppa all kontakt med dem om det inte är via telefon eller dator.
Han läser och censurerar hennes kommentarer på sociala media.
Han får henne att känna att hon är paranoid som tror att han vill kontrollera henne.
Han vill inte att hon går till gymmet längre, så hon går inte.
Han vill inte att hon ska jobba längre, så hon jobbar inte.
Han låter henne inte gå ut längre om det inte är helt nödvändigt, och när hon gör det ser han till att han har folk på plats som kan skuldbelägga henne för det.
Vid det här laget är hon så trött, rädd och eländig att hon gör vad som helst bara för att få ett liv och känna sig mindre ensam.
Han vill att hon ska genomgå ett medicinskt experiment vilket hon verkligen inte vill. Han säger att om hon gör det för hans skull, låter han henne börja gå på bio och ha utekvällar med sina vänner igen. Men även då vill han att hon laddar ner något på sin telefon så att han kan spåra hennes rörelser och hålla koll på exakt var hon är

varenda dag. Han säger att det lugnar honom och att det är för hennes eget bästa – för det är bara han som kan skydda henne.

Och han säger att han gör allt detta för att han bryr sig om henne och inte vill att hon ska komma till skada.

Vem är han? Är han hennes make eller pojkvän?

Nej, "han" är de styrande makthavarna i ett demokratiskt samhälle.

**Nina Söderblom**
Delar!

**Ylva Borén**
Det pågår en stor och obehaglig censur. Jag har hört många historier från människor som på olika sätt har tystats. Facebook censurerar, likaså Youtube. Personer som skadats av vaccinet får inte höras i vanliga media. Läkare har blivit av med sina läkarlegitimationer för att de avråder barn från att vaccinera sig. Personer som fått så svåra biverkningar av vaccinet att de nu är förlamade får inte synas i media. De tystas. Människor blir uppsagda från sina jobb för att de uttalar en annan sanning än den media beskriver. Många i min närhet vågar inte prata om detta och öppet berätta var de står i frågan p.g.a. det starka trycket från media, politiker och FHM.

# FRIDA

Utredningen av ett fall med en man som blev knuffad framför ett tåg i höstas har kört fast. Jag har inte jobbat med det ärendet tidigare, men nu är det bestämt att vi ska gå igenom det från början för att om möjligt hitta nya infallsvinklar. På nätet läste jag: "En man i 50-årsåldern blev under tisdagseftermiddagen påkörd av ett tåg vid T-centralens tunnelbanestation. Han avled av skadorna. Polisen misstänker att mannen har blivit puttad ner på spåret och har inlett en förundersökning om mord. Den misstänkta knuffen kan ha fastnat på tunnelbanans övervakningsfilm. Perrongen på tunnelbanestationen filmas av övervakningskameror och enligt polisen kan de filmerna komma att användas i utredningen. Enligt vittnesuppgifter ska mannen ha blivit knuffad bakifrån. Under tisdagskvällen har polisen förhört vittnen och jobbat med att få tillgång till övervakningsfilmer från händelsen. Tidigt på onsdagsmorgonen har ingen misstänkt gripits. Händelsen skedde vid perrongen för gröna linjens södergående tåg. Trafiken på den aktuella sträckan stängdes av under tre timmar efter händelsen."

Jag har läst obduktionsrapporten och pratat med rättsläkaren. Han fastställde att resterna av kroppen som återfanns på spåret tillhörde en man vid namn Otto Widén. Man hade inte en hel kropp att undersöka, för skadorna hade sönderdelat och destruerat den. Den kom in i papperspåsar och kartonger. Av armarna och benen fanns delar kvar, liksom av bålen och vissa inre organ. Det var svårt att urskilja vad som var vad när kroppen hade så omfattande skador, men man kunde identifiera vissa delar. I magsäcken fanns ungefär en och en halv deciliter grynig, grå, partikulär substans, i vilken man kunde se riskorn och rester av kött. Födan hade sannolikt intagits högst fyra timmar innan döden inträffade.

Skadorna försvårade obduktionen och bedömningen av fynden. Man kunde inte fastställa dödsorsaken annat än att fynden talade för en onaturlig dödsorsak, det vill säga att döden inte var orsakad av sjukdom. Onaturlig dödsorsak inkluderar självmord, olyckor och mord. Ur rättsmedicinsk synvinkel bedömdes alltså Widéns död som ett oklart och onaturligt dödsfall.

Hans lägenhet är genomsökt, hans bil är genomsökt, hans kontorsrum är genomsökt, hans datorer är genomsökta, hans dator- och telefontrafik och hans aktiviteter på sociala medier är granskade, och man har inte funnit några tecken på att han planerade att ta livet av sig eller några andra omständigheter som kan vara av intresse för utredningen. Det enda i den vägen skulle i så fall vara att man i hans privata dator påträffade en stor mängd pornografiskt material. Det bestod av hundratals filmer och tiotusentals bilder som visade oidentifierbara män, kvinnor och barn som poserande eller var involverade i sexuella aktiviteter. Vilken betydelse hans porrinnehav kan ha för utredningen är svårt att säga.

Nu ska vi söka upp vittnen och anhöriga en gång till för att ta reda på om det kan finnas ytterligare information att hämta. Eftersom jag är ny i gruppen fick jag en extra genomgång av min kollega Arne Juhlin som har arbetat med ärendet från start och alltså är fullt insatt i det.

ARNE JUHLIN

Vi började omgående diskutera vad som kunde ha hänt. Jag vill ärligt deklarera att vi till en början lutade åt självmordsteorin. Det fanns inga direkta omständigheter som talade för att Widén frivilligt hade valt att göra slut på sitt liv, men på grund av omständigheterna kring hans död låg det nära till hands att tolka händelsen som ett självmord. Hundraprocentigt säkra kunde vi förstås inte vara, särskilt inte med tanke på att vi hade ett vittne som påstod sig ha sett honom bli knuffad, och givetvis måste vi förutsättningslöst väga teorier och fakta för och emot. Man får inte ta saker och ting för givna, och självmordsteorin övergav vi ganska omgående.

Till en början hade vi inte ett dugg att gå på. Övervakningsfilmerna gav ingenting av värde. Vi hade inga spår att följa och inga substantiella vittnesiakttagelser. Ett par observationer av en kvinna som hade betett sig lite underligt i samband med händelsen var det enda. Men ingen kunde beskriva hennes ansikte. Ingen kunde ge en enda detalj av hennes anletsdrag, eller ens hennes hudfärg. Var hon blek, solbränd, mörkhyad eller fräknig? Hade hon runt eller avlångt ansikte, stor eller liten näsa, tjocka eller tunna läppar? Vilken färg hade hon på håret och ögonen? Såg hon svensk eller utländsk ut? Det enda vi visste var att hon var av medellängd, hade normal kroppsbyggnad och var klädd i en grå eller möjligen grön kappa med kapuschong.

Vi gick igenom alla inkomna tips, som i vanlig ordning var av blandad kvalité. En kvinna berättade att hon trodde sig ha sett gärningsmannen. Hon beskrev honom som en kille i tjugoårsåldern med svart jacka, kort ljust hår och svenskt utseende. Det var dock lite oklart varför hon misstänkte honom.

Många tips var knäppskallesamtal från personer som kom med besynnerliga konspirationsteorier eller från folk som bara ville ha uppmärksamhet och göra sig märkvärdiga. Att följa upp alla dessa samtal skulle kräva resurser som vi inte har, så vi fick göra bedömningar av trovärdigheten så gott vi kunde. Ibland var uppgifterna riktiga och ibland inte.

Det är en etablerad sanning att uppgifter från ett vittne som ges kort tid efter en händelse är mer värdefulla än senare uppgifter. Den första spontana berättelsen är den bästa om inte vittnet av en eller annan anledning ljuger. En laglydig medborgare som blir vittne till ett brott kommer att berätta sanningen. Han kan ha sett fel och tro sig ha sett saker han inte såg, men i det första förhöret ger han sin egen opåverkade bild av vad han tror sig ha iakttagit.

Den första utsagan direkt efter händelsen är alltså sannolikt den mest korrekta, eftersom minnet förändras och påverkas, dels av tiden, dels av vad man läser och hör andra säga. Redan under den första timmen efteråt glömmer man en hel del, sen planar glömskan ut. Det man tenderar att komma ihåg är centrala aspekter av händelsen. Detaljer som kläder och hårfärg minns man i regel inte särskilt länge om man inte har varit extra intresserad av en viss detalj och har koncentrerat sig på just den. Bara efter några sekunder kan man blanda ihop vad en specifik person hade på sig och vad andra hade på sig vid det aktuella tillfället. Det är väldigt vanligt att man blandar ihop sina minnen på det sättet.

I utredningen om Widéns död hade vi till en början inte mycket annat att gå på än att några av vittnena berättade om liknande detaljer i sina vittnesmål. För övrigt blev det till att lägga ihop olika vittnens utsagor och försöka se vad som var mest sannolikt.

Efter vittnesutsagorna övergick vi i vanlig ordning till att kartlägga offrets bekantskapskrets. Vi började med att höra personer som stod offret nära, och när inte det gav resultat letade vi utåt i en allt vidare krets i hopp om att stöta på en utsaga som klingade falskt och gav misstankar mot en bestämd person.

Det optimala läget efter ett begånget brott är att vi för det första har ett vittne som intygar att han såg den misstänkte på platsen när brottet begicks. För det andra att vi får in den misstänktes telefon på en mast i närheten och kan positionera honom på just den platsen. För det tredje att vi hittar den misstänktes DNA på brottsplatsen. För det fjärde att den misstänkte avlägger ett erkännande. Vi måste pricka in minst ett par av alternativen för att få en fällande dom, men helst vill vi naturligtvis ha in alla fyra.

Men utan en misstänkt står man sig slätt, och i utredningen av Otto Widéns död har vi i dagsläget ingen misstänkt som kan tas in till förhör och eventuellt gripas och åtalas för brottet. Det enda vi har är vår okuvliga vilja att fortsätta att jobba med fallet tills det är löst.

# FRIDA

Två vittnen har iakttagit en kvinna i grå eller grön kappa med huva. En man som satt på tåget såg henne utanför på perrongen strax efter sammanstötningen, och lite senare reagerade en kvinna på en person med samma klädsel uppe vid entrédörrarna. Jag har inte lyckats komma i kontakt med kvinnan, men med mannen har jag ordnat ett sammanträffande.

Ett vittnesmål som avges efter lång tid har inte samma trovärdighet som ett som lämnas i nära anslutning till händelsen. En person som förhörs flera gånger har också en benägenhet att ändra på eller utvidga sin berättelse över tid, eftersom man ibland tror att den förra berättelsen inte var tillräckligt utförlig eller inte "stämde" med vad polisen var ute efter. Ett polisförhör kan ju också vara mer eller mindre väl genomfört. Det kan vara slarvigt protokollfört, och om vittnesmålet inte har spelats in på band finns det alltid utrymme för missuppfattningar eller att förhörsledaren lägger in egna tolkningar i referatet.

Förhör får, som den officiella formuleringen lyder, "hållas med envar som antas kunna lämna upplysningar av vikt för utredningen". Att ställa upp för förhör är en allmän skyldighet. I vissa fall används tvångsmedel, som innebär att personer kan hämtas, tas med eller hållas kvar för förhör mot sin vilja.

Det finns inga bestämda regler för på vilken plats ett förhör ska äga rum. Oftast sker det på en polisstation, antingen i ett särskilt förhörsrum eller i förhörsledarens tjänsterum. Det kan också hållas direkt på plats av en polisman som ingriper i anslutning till ett brott eller på förhörspersonens arbetsplats eller i vederbörandes hem.

Staffan Ståhl, som var ett av vittnena på tågstationen, träffade jag på polishuset i mitt tjänsterum. Han var i femtioårsåldern och prydligt klädd i mörkgrå kostym, vit skjorta och slips. Hans näsa var bred, och hans ögon satt lite för tätt, men på det hela taget såg han trevlig ut. När han hade redogjort för det som hände på tågstationen kom han in på det aktuella samhällsläget, som han var tydligt insatt och engagerad i, och det tog jag mig tid att lyssna på en stund.

## STAFFAN STÅHL

När tåget saktade ner vid T-centralen började signalhornet plötsligt tjuta, och bromsarna slog till med ett öronbedövande gnissel. I nästa ögonblick kändes en kraftig stöt, och jag hörde en kille som satt i närheten säga: "Nu var det nån som hoppade igen." Han sa det i skämtsam ton, som om han egentligen inte trodde på det, men det visade sig alltså att han i stort sett hade rätt. En människa hade hamnat på spåret framför tåget och blivit påkörd.

När tåget började tjuta och bromsa in tittade jag ut genom fönstret och såg en kvinna i grå kappa dra huvan över huvudet och skynda sig därifrån. Jag tyckte att det var konstigt att hon gick iväg istället för att reagera på ljuden från tåget och försöka få en uppfattning om vad som var på gång. Senare, när jag visste vad som hade hänt, tänkte jag att hon kanske hade sett mannen hoppa, blivit chockad och rusat därifrån för att slippa se mer. Men när polisen efterlyste vittnen till händelsen förstod jag att man kunde tolka det på ett helt annat sätt också.

Efter dunsen, när tåget stod stilla, fick ingen gå av. Dörrarna hölls stängda, och det dröjde en stund innan vi fick besked om i högtalarna att en olycka hade inträffat. Folk trängdes vid fönstren för att om möjligt få en glimt av det som pågick, men det gick ju inte att se inifrån tåget. Vagnen jag satt i var fullpackad, så det kändes inte särskilt trevligt att tvingas sitta där och vänta. Då tänkte jag inte i första hand på smittorisken, utan på trängseln och känslan av instängdhet som jag hade lite svårt att uthärda. Man visste ju inte hur länge vi skulle bli sittande där heller. Men vi blev ganska snart utsläppta, och som tur var befann vi oss vid min slutstation, så att jag kunde lämna platsen direkt och ta mig hem. Jag såg ingenting av det som fanns på spåret, men i fantasin kunde jag mycket väl föreställa mig det.

När det gäller smittorisken och den så kallade pandemin så förstod jag och min fru ganska tidigt att covid-19 inte var värre än en vanlig influensa. Hur det var i början vet jag inte, men senare kunde man läsa i Vårdguiden att covid-19 är en influensaliknande sjukdom som orsakas av ett virus och att det vanligaste är att man blir sjuk som vid en förkylning eller influensa. Får man andra symtom ska man söka vård, men oftast går det över av sig självt, stod det. Så varför i hela fridens namn blev en hel värld skräckslagen på grund av det?

Min fru och jag har redan från början totalvägrat vaccinering. Vi har försökt leva som vanligt, och har vi blivit sjuka har vi stannat hemma, precis som vi alltid har gjort. Vi har aldrig testat oss, aldrig använt munskydd, aldrig hälsat med armbågarna, aldrig skaffat oss några jävla vaccinbevis eller annat trams som överheten har försökt pådyvla oss. Tur att man är fri och oberoende och kan tänka själv så att man inte låter sig luras av makthavarna som förespråkar samma vansinniga agenda som Adolf Hitler en gång gjorde! Folk verkar sakna all historisk kunskap och förmågan att tänka logiskt. För här handlar det definitivt inte om medicinsk nytta, eftersom vaccinet vid det här laget i stort sett har förlorat sin effekt. Men majoriteten av befolkningen tycks utan vidare svälja och acceptera detta oerhörda att vår frihet och demokrati är på väg att tas ifrån oss. Hur kan det vara möjligt? I teve sitter människor och uttrycker totalitära, inskränkta och fascistiska åsikter helt öppet på bästa sändningstid. Alla ovaccinerade är onda och oansvariga människor som utgör ett stort hot mot folkhälsan, meddelas det. Statens representanter borde ha ett respektfullt tonläge och inte en nedlåtande attityd gentemot gruppen ovaccinerade! Men helt uppenbart stödjer man diskrimineringen och deltar gladeligen i försöken att vänja fårskocken vid tanken på tvångsvaccinering. Vad är det myndigheterna har så svårt att fatta? Alla *vill* inte vaccinera sig! Alla *vill* inte delta i det här medicinska experimentet!

Vi har en "pandemi" där överlevnadsgraden är 99,97 procent. Vi har milda mutationer som sprids. Cirka 85 procent av Sveriges vuxna befolkning är vaccinerad med två doser. Över en miljon är inte vaccinerad alls. Ovaccinerade har till stor del naturliga antikroppar efter tidigare infektioner. Så vi har knappast ett stort problem med att många människor är oskyddade mot viruset. Och det är bara smittade som kan föra smittan vidare, oavsett om man är vaccinerad eller inte.

Strax över en promille av Sveriges befolkning har dött i covid-19. Majoriteten av dessa är över åttiofem år. Ändå fortsätter myndigheterna att hävda att hundraprocentig vaccintäckning är enda vägen ut ur detta. När omikronvarianten dök upp behövde vaccinindustrin naturligtvis snabbt bli av med sitt överskott av gamla verkningslösa vacciner och helst hinna tillverka ett specifikt omikronvaccin också, innan det visade sig att mutationen gav så milda symtom att inget vaccin behövdes, eller innan folk började inse att inga påfyllnadsdoser i världen skulle hjälpa och slutade ta sprutorna, för kon skulle naturligtvis mjölkas till sista droppen innan den självdog.

Inser inte folk hur mycket tid, resurser och arbete man har lagt ner på att påverka våra sinnen för att få oss att ta vaccinet? Man har försökt övertala oss, locka oss, muta oss, pressa oss, skrämma oss, hota oss, straffa oss, skuldbelägga oss, diskriminera oss, utesluta oss, kriminalisera oss, förvirra oss. Man har försökt få oss att börja tvivla på vår verklighetsuppfattning, försökt få oss att överge vår inre övertygelse, våra principer och våra grundvärderingar. Denna kostsamma och verkningslösa cirkus strider mot våra svenska grundlagar! Ändå fortsätter man blint i samma spår och hävdar att massvaccinering och eviga påfyllnadsdoser är enda sättet att få stopp på den så kallade pandemin.

Och alltihop har kostat, och fortsätter att kosta, miljarder bara i Sverige. Enbart PCR-testerna har hittills kostat skattebetalarna 22 miljarder. Vilket jävla slöseri! En professor vid Karolinska institutet sa vid ett tillfälle att det omfattande användandet av testerna har varit " i hög grad" meningslöst. Hela hanteringen av pandemin är ju ett enda stort fiasko! Utom för läkemedelsindustrin då förstås, som helt ansvarsbefriad har lyckats lura på hela världens regeringar ett verkningslöst preparat som i det långa loppet kommer att göra folk ännu mer sjuka eftersom det kan ge biverkningar och nedsatt immunförsvar.

Vaccinet skyddar inte mot smitta, inte mot smittspridning, inte mot svår sjukdom, och det är alla fullt medvetna om. Ändå sitter läkare och andra "experter" fortfarande i teve och säger att det skyddar mot "allvarlig sjukdom och död" och att det är viktigt att man vaccinerar sig och tar sina påfyllnadsdoser. Men hur vet man att det beror på vaccinet att inte så många blir sjuka och dör av covid-19 längre? Det kan väl lika gärna bero på att den senaste mutationen inte ger värre symtom än en vanlig förkylning? Var viruset farligare ens från början? Och vad som *inte* sägs, är att *vaccinet* kan orsaka "allvarlig sjukdom och död". Till dags dato har över 90 000 biverkningar inrapporterats och över 350 personer dött av covid-19-vaccinet bara i Sverige. Officiellt alltså. Mörkertalet är säkert enormt.

Jag har faktiskt tröttnat på att hänga med i nyhetsflödet. Jag har slutat fördjupa mig i saker och ting. Alltihop är ändå bara som en stor, kacklande hönsgård, där alla ska säga sitt men ingen vet ett skit. Det enda man ser är hur jävla korkade alla är, och vad har man för nytta av det? Man blir bara trött och uppgiven.

## FRIDA

Mats var tvungen att ta den första sprutan i fängelset, men det är den enda han har tagit och den enda han kommer att ta, säger han. Efter frigivningen letade han fram så mycket information han kunde om pandemin och vaccinerna. Han läste också mina två filer med fakta och teorier som jag samlade in medan jag själv funderade på hur jag skulle göra.

Nu följer jag inga specifika grupper på nätet längre. Jag tittar in på Facebook ganska regelbundet, för att se vartåt vindarna blåser när det gäller pandemin, men jag vet inte hur representativ min samansättning av vänner är, och det spelar väl ingen större roll heller. Jag orkar inte hänga med i allt som diskuteras. Läget känns ännu rörigare nu, och huvudsaken är att jag vet var jag själv står.

Mats kom fram till detsamma som jag. Jag undrar hur jag skulle ha reagerat om det hade visat sig att vi inte hade samma övertygelse. Skulle jag ha betraktat honom som dum och osjälvständig då och i hemlighet föraktat honom? Nej, så tänker jag ju inte om andra. Jag blir bara orolig för hur det ska gå med deras hälsa och förstår inte varför så många går med på att utsätta sig för riskerna.

Maja har bestämt själv hur hon vill göra och har sagt nej. Hennes mormor och morfar har tagit tre doser var men har som tur är inte försökt påverka henne. Hur mycket Mats har pratat med Maja om vaccineringen vet jag inte riktigt.

– *Vad säger mormor om att du är hos pappa så ofta nu?*
 – *Ingenting.*
 – *Har hon läst boken?*
 – *Ja. Först ville hon inte, men morfar övertalade henne.*

*– Tror hon på det Mats berättar då?*

*– Jag vet inte. Jag pratar aldrig med henne om pappa.*

Mats och jag. Tänk att det blev vi två ändå. Tänk att jag lyckades komma över mina tvivel och vågade lita på honom till slut. Tänk att han stannade kvar och vill fortsätta.

FACEBOOK

**Eva Andersson**
Fuck! Jag har fått covid-19 men mår relativt bra. De lindriga symtomen beror nog på att jag fått tre vaccindoser. Men jag trodde att de skulle ge mig ett hundraprocentigt skydd.

**Linn Jörgensen**
Ja, ta sprutorna nu om du inte har gjort det! Om inte annat för att skona vårdpersonalen. Det går inte att slå dövörat till längre!

**Astrid Nyström**
Jag vet ingen enda som blivit sjuk av vaccinet, mycket mindre dött. Det är bara falsk propaganda.

**Mimmi Gustafsson**
Om folk bara ville lyssna. Man måste ta sprutorna som troligen räddar mer än vi förstår. INGEN vet säkert, varken VETENSKAPEN eller vi SMÅFOLKET. Men finnes något att förbättra o få hjälp med så måste vi TILLSAMMANS ta sprutorna o visa respekt för VETENSKAPEN som arbetar för VÄRLDEN o respekten för alla. SÅ TA ERA SPRUTOR o ge vården en chans att orka hjälpa alla som blir sjuka.

**Lennart Lind**
Alla goda ting är TRE! Idag fick jag min tredje spruta! Den här gången fick jag en skvätt Moderna, och mixade vacciner sägs ju skydda bäst.

**Ove Jansson**
Ja, nu är du både skyddad och modern!

**Kerstin Sundgren**
Toppen att du vaccinerar dig, Lennart!

**Lennart Lind**
Klart man gör så fort det bara går! Så nu är jag ganska bra rustad hoppas jag.

**Kerstin Sundgren**
Jättebra! Tänk om alla tänkte som du!

**Lennart Lind**
Ganska många gör det – en solklar majoritet. Men det finns också galna antivaxxare. De stod utanför biblioteket i lördags och jag blev rasande inombords – jag vet inte varför jag blev så arg. Det är inte bara dumheten och arrogansen – det är också den otroliga självviskheten i att inte vilja vaccinera sig för andras skull – gamla, sköra, sjuka. Det är så stört!

**Anders Blomqvist**
Lycka till med sprutorna, Lennart! Jag har lagt märke till en personlighetsförändring med tilltagande demens och elakhet hos många vaxxade. Men så blir ni ju frivilliga GMO på kuppen oxå.

**Gunilla Berg**
Min pappa, 73 år, som har tagit 3 doser vaccin har blivit typ dement. Min mamma berättade för runt en månad sedan att han blivit "lite virrig" och igår när vi var där frågade han mig vad jag hette. Han säger samma saker om och om igen och vet inte ens vad det är för dag eller vad han åt till lunch. Är det någon som känner igen detta? Kan det vara vaccinet? Han har ALDRIG varit så

här förut och nu på bara en månad är han helt lost.

## Tomas Bergman
Din ilska är fullt normal, Lennart. Det är så man reagerar när man känner på sig att man har blivit lurad och möter andra som inte har blivit det.

## Ida Forslund
Kolla insändaren i kommentarsfältet! En medlem av fårskocken försöker förstå oss och vill hjälpa oss! Men det var väl snällt av honom! Han tycks veta allt om oss och vet hur vi ska "botas" också. Verkligen gulligt av honom att engagera sig! Författare är han också, ser jag. Ja, han vet säkert vad som blir bäst både för samhället, fårskocken och oss!

Fenomenet vaccinvägrare är lika högintressant som skrämmande. Helt uppenbart är deras syfte att destabilisera samhället genom att påstå att det inte går att lita på våra styrande och att de inte vill oss väl. Konspirationsteoretikernas samhällsfarliga argumentation kan se rätt vederhäftig ut för ett otränat öga eller för den som vill ha sin vaccinskräck bekräftad. Den attraherar rädda människor, okunniga människor, människor med ett behov av att veta bäst, "alternativa" människor, osäkra människor, psykiskt instabila människor. Ganska många, med andra ord. Jag tror att det är en extrem och undertryckt rädsla som styr dem. En rädsla som projiceras på "fårskocken" och som inte kan bearbetas. För att hjälpa dem till självinsikt krävs att de genomgår någon form av avprogrammering, och det är hög tid, och verkligen önskvärt, att detta sker NU. Peter

**Tomas Bergman**
Herregud! Vilken tidning fick han det där infört i?

**Tobias Svensson**
Vad som är mest komplicerat att argumentera kring handlar om personens inre övertygelse. En person kan vara övertygad om att det är fel att mixtra med kroppen eller tro att det är naturen som ger oss styrka och motståndskraft. Då är den personen väldigt svår att komma åt. Handlar det om att personen inte tagit reda på fakta och vi bara låter den förstå hur ett vaccin fungerar, så kanske den kommer över sina rädslor. Men handlar det om det psykologiska så gäller det att bemöta personen på ett djupare plan och då blir det extremt svårt.

# FRIDA

Den kvinnliga tågföraren var åsyna vittne till att Widén blev knuffad ner på spåret framför tåget. Vid det första förhöret var hon helt säker på att hon såg honom bli knuffad i ryggen av en kvinna som stod bakom honom på perrongen. Säger hon detsamma idag? tänkte jag innan vi träffades.

En person kan vara helt övertygad om att ett minne stämmer. Det kan kännas som ett stort misslyckande att efter en tid börja ifrågasätta det och tänka: Har jag fel, har jag lurat mig själv? Det kan vara svårt att erkänna att ens minne kanske är falskt.

För det mesta fäster man ingen större vikt vid det som försiggår runt omkring en. Man översköljs hela tiden av intryck, och det som saknar personlig signifikans sorteras mer eller mindre automatiskt bort för att ens hjärna inte ska bli överbelastad. Men i det här fallet var tågföraren enligt henne själv alltid vaksam och fokuserad när tåget närmade sig en station.

# KERSTIN ADOLFSSON

Arbetet som tågförare är isolerat och enformigt. I hytten är man ensam. Allt man har att sysselsätta sig med är sina egna tankar. Ibland hamnar man nästan som i trans. Men man måste alltid vara fokuserad och beredd på oförutsedda händelser. I rusningstrafik trängs resenärerna vid vissa stationer ända ut till kanterna. Jag önskar att folk kunde vara lite mer försiktiga och lite mer medvetna om riskerna.

Innan det hände funderade jag ofta på hur jag skulle agera om en olycka inträffade. Jag hade fått lära mig vad man ska göra, men jag var rädd att göra fel och försökte förbereda mig genom att gång på gång gå igenom det i tankarna. Dra ner rullgardinen i hytten, larma och sitta stilla och vänta. Men sen när det hände gjorde jag ändå inte hundraprocentigt rätt.

När tåget rullar in på en station sveper man med blicken över plattformen efter personer med avvikande beteende. Det kan vara en som vankar av och an och verkar nervös, eller en som står nära kanten och stirrar tomt framför sig, eller en som är upprörd och springer omkring. Det är svårt att förklara, men ibland känner man på sig att allt inte står rätt till.

Det är rutin att rapportera så fort man misstänker att en person funderar på att hoppa. Alla förare hör vad andra förare anropar om på radion och hur incidenter blir lösta. Radion kan inte stängas av eller sänkas till ljudlös. När en kollega anropar efter en PUT hör man redan på rösten att det värsta troligtvis har hänt. Men oftast är det bara berusade eller drogpåverkade som rör sig oförsiktigt på perrongerna, eller killar som står och kaxar sig vid kanterna. Men alla avvikande rörelsemönster väcker stress.

Trygghetscentralen kan koppla upp mot tusentals kameror

i tunnelbanenätet. Den som svarar på ett larmsamtal skannar av den aktuella perrongen och ser till att ordningsvakter, polis och ambulans kommer dit. Dom kan också be tågföraren att sänka farten eller stoppa tåget helt.

Det var mitt första framförhopp. Som tågförare vet man att man förr eller senare under sin yrkeskarriär kommer att få uppleva det. Sen om det händer nästa vecka eller om tio år kan man naturligtvis inte veta.

När man ser en kropp komma farande framför tåget finns det ingen tid. Det enda man hinner göra är att dra i nödbromsen. Men då är det redan för sent. Jag hade hört kollegor säga att man ska blunda när en människa dyker upp framför tåget, men det gjorde inte jag. Jag såg alltihop klart och tydligt. Maktlösheten man känner när man inser att en kollision är oundviklig går inte att beskriva. Själva händelsen går så otroligt snabbt, och sen är allt oåterkalleligen över.

När vi kom in på stationen reagerade jag inte på några avvikelser bland människorna på plattformen. Sen hände det bara, och jag såg klart och tydligt att mannen som plötsligt for ut framför tåget blev knuffad. I ena stunden stod han där, på den vita plattformskanten, och pratade i sin mobil. I nästa ögonblick fick han en hård knuff i ryggen av en kvinna som stod bakom honom, så att han föll ner på spåret. Jag är helt säker. Jag hade ögonen på honom redan innan, därför att han stod så nära kanten, och därför såg jag det klart och tydligt. Jag såg inte själva knuffen, men jag är säker på att han inte hoppade, för rörelsen när han for framåt och ner på spåret kom med ett ryck, och inte som om han bara lät sig falla. Det låg en yttre kraft bakom rörelsen, om du förstår hur jag menar, och det var bara hon som stod precis bakom honom, så det måste ha varit hon som knuffade honom. Jag tycker själv

35

att det är konstigt att jag hann uppfatta allt så tydligt, men det gjorde jag, och det är ingen som helst tvekan om att det var så det gick till.

Jag tutade och drog i nödbromsen helt automatiskt. När han försvann ur mitt synfält väntade och lyssnade jag bara. Jag hörde en dov men kraftig duns och kände hur tåget guppade till. Då visste jag att jag hade träffat honom. Jag visste inte var han hade hamnat, om han låg under eller framför tåget, men jag visste att han var träffad. Ljudet har etsat sig fast i mitt inre. Jag kan höra det när som helst, ljudet av kroppen som slår mot tåget, och sen tystnaden när tåget står stilla och allt är över.

Jag blev skärrad men gjorde som jag hade lärt mig. Jag anropade trafikledningen, skickade ut ett meddelande till tågets passagerare och satt kvar i hytten och väntade. Men sen kände jag att jag inte kunde stanna kvar där i mörkret och ensamheten längre. Jag lämnade hytten och sprang ut på plattformen. Sen vet jag inte riktigt. Jag minns att tåget evakuerades medan jag pratade med räddningsledaren och polisen, men det var en bra stund senare. Sen föll jag bara ihop och grät.

Alla tankar och känslor kan komma långt efteråt. I värsta fall hamnar man i ett permanent traumatiskt stresstillstånd som kan bli kvar i årtionden. Men alla reagerar olika. En del har förmågan att ta det lugnt och bearbeta det på sikt, medan andra bryter ihop fullständigt. Själv var jag hemma några dagar enligt rutinerna, och när jag kom tillbaka till jobbet åkte jag först med en kollega. Sen prövade jag att köra själv. Jag hade hört att man kan få svårt att passera olycksplatsen utan att få panikkänslor, men för mig gick det bra. Det kändes skönt att vara tillbaka på jobbet igen, för ingenting blir bättre av att gå hemma och älta.

# FRIDA

Jag har fått ett mejl från Carinas mamma. Det förvånar mig lite, för vi har inte haft kontakt alls sen Carina dog. Inte innan heller, utom att vi pratade lite på begravningen, men det verkar hon ha glömt. Hon skriver att hon är orolig för vad Kristoffer kan ta sig till när han kommer ut ur fängelset och vill veta vilka rättigheter han har.

"Hej Frida,
jag vet att du och jag aldrig har träffats, men jag känner till dig genom Moa och Carina, och jag vet att du var ordningspolis innan du började på Försäkringskassan och blev bekant med Carina, och jag vet att du har gått tillbaka till polisen och utreder våldsbrott nu. Det är därför jag skriver det här till dig.

Jag har läst din bok om kvinnomisshandel där Carina berättar vad Kristoffer utsatte henne för, och jag har hela tiden misstänkt att han fick reda på det och att det var därför han körde på henne med bilen när han kom ut ur fängelset. Det kan också ha varit för att hon inte ville låta honom komma tillbaka och bo med henne och barnen igen.

Jag vet inte riktigt varför, men jag har börjat tänka på och oroa mig för hur det ska bli när han kommer ut. Pernilla, Carinas syster som har tagit hand om barnen hela tiden sen Carina blev borta, säger att när han har avtjänat en fjärdedel av straffet kan han börja få permissioner, så det dröjer ju inte så länge förrän han kan dyka upp och ställa till det för oss. Jag har frågat Moa om hon inte är rädd för att han ska komma och hämnas på henne för att hon vittnade mot honom vid rättegången, men det är hon inte, säger hon. Men jag som har lätt för att jaga upp mig kan inte släppa tankarna på hur det kan komma att bli.

Mest oroar jag mig för barnen, att han ska försöka få vårdnaden om dom. Tror du, som är insatt i hur rättvisan fungerar, att det kan bli så? Skulle han kunna få vårdnaden om Robin, fast han har dödat hans mamma? Felicia tror jag inte att han är så intresserad av eftersom hon inte är hans biologiska barn, men Robin skulle han nog mer än gärna ta ifrån oss, om inte annat så för att hämnas på oss.

Jag kanske oroar mig i onödan, men jag är så rädd att han ska komma och förstöra våra liv. Tycker du att det låter överdrivet? Det är i alla fall så det känns för mig. Moa är tuffare och försöker skjuta det ifrån sig, och Pernilla tror inte att han har några juridiska möjligheter att få vårdnaden om Robin. Men själv misstänker jag att det mycket väl skulle kunna hända, och det är därför jag frågar dig som är polis vad du tror och vet om det. Ibland tänker jag att han ska komma och bara hämta Robin och ta honom med sig till utlandet så att vi aldrig mer får se honom.

Alla tankar jag har gör att jag lever på helspänn hela tiden och inte kan koppla av. Det är outhärdligt att leva med den här oron. Alla känslor jag hade när Carina låg i koma och jag bara gick och väntade på att hon skulle vakna upp och jag kände hur mycket jag hatade honom har kommit tillbaka. Till slut är han fri igen, medan hon är borta för alltid. Det känns så orättvist och jag är så orolig.

Varför fick han så kort straff? Jag vet att han försökte döda henne, men han ljög och sa att han bara råkade stöta till henne med bilen så att hon föll omkull och slog huvudet i gatan och att han rusade ut ur bilen och försökte hjälpa henne. Jag vet att han inte alls försökte hjälpa henne, och det vet Moa också som var där och såg alltihop. Hon såg att han tog tag i hennes huvud och dunkade det mot asfalten och försökte döda henne. Det var så Moa uppfattade det, och varför skulle hon ljuga? Det var han som ljög, men det gick inte att bevisa, och därför fick han så kort straff.

Förlåt att jag besvärar dig med det här, men jag vill inte belasta familjen med min oro, och jag har ingen annan som jag känner förtroende för och kan diskutera det med.

Mvh, Carinas mamma Christina"

– *Frida, vet du en sak?*
  – *Nej?*
  – *Det var bra att du kom och pratade med mig när du skulle skriva boken.*
  – *Varför var det bra?*
  – *För att jag inte hade nån att prata med om mamma och pappa och jag hade börjat tänka rätt mycket på pappa då.*
  – *Kunde du inte prata med mormor och morfar då?*
  – *Jo, med morfar kanske, men inte med mormor, för hon var så arg på pappa hela tiden för att hon trodde att han hade dödat mamma.*

Fick Kristoffer reda på att Carina berättade om deras förhållande i min bok? Var det därför han misshandlade henne igen? Jag vet att jag föreslog att vi skulle fingera deras namn, men Carina tyckte inte att det behövdes eftersom, som hon sa, "Kristoffer har inte öppnat en bok sen han gick i skolan". Hon var säker på att han inte skulle få reda på det. Och om han mot all förmodan skulle läsa boken i alla fall, spelade det ingen roll att namnen var utbytta, för han skulle ändå känna igen situationerna hon beskrev, sa hon.

Själv har jag hela tiden trott att han gav sig på henne för att hon vägrade ta honom tillbaka när han kom ut efter att ha avtjänat straffet för grov vårdslöshet i trafik. Det tror jag fortfarande, eftersom det är att bli avvisad och dumpad den sortens män absolut inte tål.

Jag har svarat på Christinas mejl och lugnat henne beträffande Kristoffers möjligheter att få vårdnaden om sin son. Det kommer han aldrig att få, och jag tror inte att han vill ha det heller med allt vad det skulle innebära av bundenhet och ansvar. Han försöker bara skrämmas och njuter säkert om han märker att han lyckas. Jag har aldrig träffat honom, och hoppas att jag aldrig ska behöva göra det heller, men jag kan hans sort och vet vilken feg och ynklig liten skit han är. Lika feg och ynklig som Fabian är, och lika feg och ynklig som hans pappa var. Och det lät jag Fabian få veta att jag tycker.

– Det är så jävla svagt, ynkligt och omoget att ta ut sin självförvållade frustration på andra!

– Vadå självförvållade?

– Du löser ju inte dina problem som får dig att känna och bete dig som du gör! Det anser jag är självförvållat.

– Och vem fan bryr sig om vad du "anser"?

# FRIDA

Otto Widén var femtiotvå år när han dog. Han hade arbetat på Swedbank i sju år och innehaft samma tjänst under hela den tiden.

I sitt privatliv var han betydligt mer ombytlig. Under samma tidsperiod avverkade han fyra fasta förhållanden och säkert flera lösa förbindelser. Kvinnan i det senaste förhållandet, Johanna Törnkvist, hade två döttrar som vid tiden för deras relation var elva och fem år gamla.

En av Johannas kvinnliga vänner berättade för oss hur hon upplevde Johannas förhållande med Otto. Det han utsatte henne och hennes barn för skulle möjligtvis kunna ses som ett motiv till mordet, även om deras förhållande vid det laget var över sen ett par år tillbaka. Men i förtvivlan över att hennes yngsta dotter fortfarande mådde dåligt på grund av det Otto hade utsatt henne för, kunde hon i hastigt mod ha knuffat ner honom på spåret när hon av en slump fick syn på honom på perrongen. Hon har inte kunnat uppge var hon befann sig vid den aktuella tidpunkten, men det har framkommit att hon ganska ofta tog tåget från T-centralen. Vi har aldrig på allvar misstänkt att det var Johanna som gjorde det, men väninnans berättelse väckte ändå tanken att det skulle kunna förhålla sig så.

När Johanna flyttade ihop med Otto blev kontakten mellan henne och mig mycket sämre. Hon ville inte prata med mig om deras relation, och jag kände på mig att den inte var bra. Jag hade en känsla av att hon blev manipulerad och utnyttjad av honom och misstänkte att han bara var ute efter hennes pengar. Hon hade ärvt både pengar och fastigheter och var ganska välbärgad. Hon lät honom ha tillgång till sina bankdosor, och det förstod jag inte alls. Hon var ganska slarvig med dosorna, och en gång när hon hade varit bortrest hade han gjort flera stora uttag från hennes konto.

Och han hade ett enormt kontrollbehov. När Johanna kom hem till mig och fikade brukade han skjutsa henne hit och sen sitta kvar ute i bilen och vänta tills hon skulle åka hem igen. Det kändes jättekonstig för mig, men hon verkade acceptera det och därför sa jag ingenting om det. Jag förstod att han var både misstänksam och svartsjuk, för han ringde till henne på jobbet också, för att kolla att hon var där.

En gång när vi träffades berättade hon att han hade sparkat henne så att hon trodde att ett revben hade knäckts. Det var mot slutet av deras förhållande när hon började fundera på att göra slut med honom. En gång innan lyckades hon få honom att flytta, men då ringde han och bad att få komma tillbaka eftersom han saknade bostad. Vid ett annat tillfälle när hon försökte bli av med honom krossade han ett fönster i villan för att ta sig in när hon hade låst in sig själv och Ada där.

Det hände att han hotade med att anmäla henne till socialen så att hon skulle bli av med vårdnaden om barnen. Det var antagligen hans taktik för att skrämma henne när han inte fick som han ville. Han var inte snäll mot Ada och Elsa, och det måste Johanna ha märkt, men hon verkade se genom fingrarna med det och det förstod jag inte alls, eftersom hon alltid hade varit så mån om barnen innan. Ada som var bara fem år då var rädd för Otto och ville inte vara ensam hemma med honom. När jag frågade Johanna vad hon trodde att det berodde på sa hon att hon inte visste. Hon verkade ovillig att prata om det och jag pressade henne inte, men jag kände på mig att det låg mer i det än hon var beredd att berätta.

Elsa tyckte inte heller om Otto och undvek honom så mycket hon kunde. Hon fick inte sminka sig, inte klä sig hur hon ville och inte ta hem kompisar, och det hade hon alltid fått göra innan. Men nu lät Johanna Otto bestämma, och det gjorde att Elsa blev avogt inställd till både Johanna och honom. Det var ingen rolig tid för barnen och inte för Johanna heller, antar jag, så länge Otto fanns med i bilden. Men som tur var tog hon sitt förnuft tillfånga till slut och gjorde sig av med honom.

– *Varför sminkar du dig aldrig, Frida?*

  *– Jag vet inte… Det är inte riktigt min grej bara.*

  *– Har du aldrig gjort det?*

  *– Jo, när jag var tonåring gjorde jag det ibland.*

  *– Jag gör det också bara ibland, för att det är kul. Jag gör det inte för att killarna ska tycka att jag är snygg i alla fall.*

  *– Nej, det gjorde inte jag heller.*

# FACEBOOK

**Bea Thomsen**
Det är nu bevisat att sticken ökar hjärt- o kärlsjukdomar, missfall, dödfödda barn, cancer, demens, epilepsi, autoimmuna sjukdomar, Parkinsons, förlamning, "konstigt" beteende, infertilitet, muskelryckningar, tics m. m. En sjuksköterska som jobbar på akuten, och har gjort så i 17 år, berättade att hon aldrig i hela sitt liv varit med om ngt liknande det hon upplevt det senaste året, främst efter stick nummer 2.

**Sofia Nordkvist**
VARFÖR ska man ta ett stick, när det är 99,97 % chans att överleva om man får skiten? Jag förstår inte.

**Jonas Malmberg**
Jag är av den uppfattningen att vi alltid bör vara försiktiga med vad vi stoppar in i våra kroppar då kemikalier kan skada vår hälsa på kort, men framför allt på lång sikt.

**Ingela Johansson**
Detta handlar om min man.
Spruta nr 1: Det vanliga, som feber och ont i armen.
Spruta nr 2: Samman sak. Feber, ont i kroppen, huvudvärk. Fast denna gång höll det i sig i flera dygn.
Spruta nr 3: Det var då det blev knas. Insjuknade efter 24 timmar. Blev aldrig bra, febertoppar i över tre veckor tills han fick åka in akut med vätska i båda lungorna och lunginflammation. Det konstateras att det kom från injektionen. Skickades hem med feber och låg till sängs i två och en halv månad. Inte bra på långa vägar. Då vaknar han en morgon och vet inte vad barnen heter eller att ett bord heter bord. Fick åka in igen akut. Då

visade det sig att han hade fått en stor propp OCH blödningar i hjärnan. Han kommer aldrig att bli som den han en gång var. Nu ska han in på ett särskilt boende, för han klarar sig inte själv längre. Jag vill bara rikta ett varmt tack till Pfizer som har raserat vårt liv tillsammans. Hoppas ni känner er stolta och glada.

**Jonas Malmberg**
Eftersom de tre första sprutorna hade noll effekt (och i stället bara ger kort- och långsiktiga bieffekter) så sätter nu Israel in fjärde sprutan. Och WHO varnar för "smittostorm" eftersom Covid-19-vaccinen uppenbarligen har noll effekt. Samtidigt som Sydafrikanska forskare slår fast att den så kallade Omikronvarianten (samma variant som WHO varnar för) är väldigt mild, ungefär som en vanlig förkylning.
Hur länge ska människor låta sig luras?
Till femte sprutan?
Till tionde sprutan?
Till tre sprutor om året livet ut?
Ovaccinerade, enkelvaccinerade, dubbelvaccinerade, trippelvaccinerade – ALLA kan få Covid-19. Och den som har Covid-19 kan smitta andra, vare sig den är vaccinerad eller inte.
Ovaccinerade smittar inte mer än vaccinerade.
Ovaccinerade har gjort ett medvetet medicinskt val. Det valet utsätter ingen annan för risker. Och det valet är baserat på demokratins grundläggande principer.
Jag har tagit ställning: min kropp, mitt val.

**Markus Haglund**
Va! Är du antivaxxare? Och jag som trodde du var klok!

**Jonas Malmberg**
Alldeles rätt, jag är klok!

**Markus Haglund**
På vilka grunder har du baserat ditt beslut?
1. Är du orolig bör du ta till dig att framtagandet av detta vaccin är det mest transparenta i hela historien. På vetenskapliga sidor finns allt att läsa.
2. Har individualismens tankar byggt sitt bo i dig? Kom då ihåg att mycket smittsamma sjukdomar är något som drabbar kollektivt och mellanmänskligt. Vi bör här gå utanför oss själva och tänka på vår nästa. Det fullt ut individuella måste stå tillbaka.
3. Är du rädd för allvarliga biverkningar? Här kommer matematiken in, men enkelt sagt: risken är större att du blir överkörd av en buss än att du får en allvarlig biverkan av vaccinet.
4. Är du antivaxxer i största allmänhet? Alla, och jag säger alla, framförda teorier från denna lobby angående vaccinerna har vetenskapligt bevisats vara fel. Den som säger annat ljuger. Denna rörelse är från början grundad på känslor och har sedan bara växt sig större och större i sina tokerier. Det är inte för inte som WHO har uttalat att denna rörelse är det största hotet mot världshälsan just nu. Många, många har dött i onödan på grund av denna rörelse.
5. Tror du att Bill Gates är ute efter världsherravälde? Ja, har du ramlat ner i det kaninhålet är du nog ohjälpligt förlorad.

Jag vaccinerar mig för att skydda andra i riskgrupper, för min nästas och i sista hand för min egen skull. Jag vaccinerar mig för att du Jonas ska ha en minskad risk för allvarlig sjukdom, även om du inte vaccinerar dig.

**Inga-Britt Lovén**

Vaccin är avgörande och det absolut mest effektiva verktyget vi har för att få bukt med pandemin. Vård-personalen har slitit hårt i över två år nu. De ser på nära håll hur viruset påverkar människor. Om du ännu inte har vaccinerat dig, lyssna då på vad de insatta har att berätta.

**Anders Blomqvist**

Med tanke på hur liten andel som dör av Covid-19 (mellan 0,15 och 0,3 % av alla som smittats, och med en genomsnittsålder på 83 år hos personer som i stor utsträckning haft andra underliggande sjukdomar), så har makthavarna slagit på stora trumman oproportio-nerligt hårt, anser jag.

Jag bor hos mamma och Ada nu igen, för det är där jag trivs bäst bara inte Otto bor där också. Det är bra att han är död, tycker jag, så att man vet att han aldrig kan komma tillbaka. När mamma lät honom flytta hem till oss gav jag honom en chans, eftersom jag inte kände honom och inte visste hur han var, men sen flyttade jag ganska snart till pappa, för jag tålde honom inte och stod inte ut med att han skulle bo hos oss. Jag fattade inte vad mamma såg hos honom. Jag tyckte att han var äcklig. Och jag berättade för henne att han inte var snäll mot Ada och mig, men hon trodde mig inte och sa att jag bara hittade på för att jag inte gillade honom och ville att han skulle flytta.

En gång såg jag att han hade porrbilder i sin dator. Det var på barn också. Jag sa inget till mamma, för jag tänkte att hon redan visste om det och inte brydde sig. En annan gång såg jag ett meddelande i hans telefon som han hade skickat till en kompis. Han hade skrivit att hans sexliv var dåligt och att han inte var kär i mamma och var ihop med henne bara för pengarna. När jag berättade det för henne trodde hon mig inte heller.

Otto kunde få henne att göra vad som helst. Blev det problem sa han att han skulle anmäla henne för vanvård av Ada och mig, och det trodde hon på. Men det var inte hon som var dum mot oss utan han.

När jag hade flyttat till pappa började Ada stamma och kissa på sig. Hon betedde sig som ett nervvrak och kunde börja gråta när som helst. Hon berättade för mig att hon inte fick skratta för Otto. Om hon inte lydde honom skulle han kasta henne i en sopcontainer. Och hon fick bara leka inne i sitt rum och inte ta ut några saker därifrån.

En gång skar han henne i handen med en kniv. Läkaren på sjukhuset sa att såret var gjort med en vass kniv och inte med en trasig tallrik, som Otto hade sagt. Ada stod på en pall och diskade, och så tappade hon en tallrik i golvet så att den gick sönder, och då blev Otto arg och skar henne i handen. Ada ramlade ner från pallen och slog sig, men Otto gick bara därifrån utan att bry sig. Jag skrev upp allt hon berättade och visade det för mamma, och då äntligen trodde hon mig. Ada var bara fem år då och fattade kanske inte riktigt vad han hade gjort, men jag fattade det, och mamma fattade det, och då fick han inte bo kvar hos mamma och Ada längre.

*– Jag vet att du inte vill att Sören ska bo här, men...*

*– Det är sant att han slår oss!*

*– Ja, jag tror dig, Frida, men jag vet att du retar honom ibland så att han blir extra arg.*

*– Det gör jag inte alls det! Och vuxna får inte slå barn* fast *dom retas!*

# FRIDA

Jag har inte träffat Johannas yngsta dotter, men jag har läst sammanfattningen av förhöret som hölls med henne i samband med Ottos död.

## Ada Törnkvist (barnförhör)

Det stämmer att mamma har bott ihop med någon som heter Otto. Otto var inte snäll. Han var snäll i början, men sen var han inte alls lika snäll längre. När mamma åkte till jobbet och Otto var ensam hemma med Ada blev det inte alls bra för henne. Otto var jättedum mot henne då. Han blev arg och sa fula saker till henne. När mamma kom hem skrek han fula saker till mamma också. Ada hörde det från sitt rum. Hon kommer inte ihåg vad mamma och Otto sa. Hon var bara fyra eller fem år då. Hon tyckte väldigt illa om Otto. En gång klippte han av en bit av hennes hår. Han bara gjorde det. Det var jättedumt gjort, tyckte Ada, men mamma brydde sig inte. En annan gång när mamma hade gjort i ordning mackor till Ada kom Otto och bara tog mackorna. Då sa mamma till Otto att det var Adas mackor, men Otto brydde sig inte. Han gick bara iväg. Ada tror att Otto åt upp dem. Hon blev ledsen då, och mamma gjorde nya mackor till henne. Mamma hörde aldrig, och såg aldrig, att Otto var dum mot Ada. Ingen annan i familjen såg det heller, men morfar tyckte inte om Otto. Ada tror att Otto tyckte om mamma i början men inte senare för då bara bråkade de. En gång gjorde Otto illa Ada i handen. Där gick han verkligen över gränsen. Det var efter det mamma sa åt honom att flytta. Ada stod på en pall och diskade och tappade en tallrik i golvet så att den gick sönder. Otto blev arg och kom farande med en kniv. Ada vet inte vilken sorts kniv det var, men Otto gjorde ett sår i hennes hand med kniven. Hon blev jätteledsen då och ramlade ner på golvet. Mamma var på jobbet när det hände. Ada fick ett plåster på såret så att det skulle sluta blöda. När mamma kom hem tog mamma av plåstret och frågade hur Ada hade fått såret. Sen fick de åka till sjukhuset och sy ihop det.

– Det kändes lite konstigt att läsa i boken vad jag sa när jag var sex år. Eller jag var nästan bara fem, för jag hade precis fyllt sex då.
   – Du menar i polisförhören?
   – Mm.
   – Mindes du mer när du hade läst det?
   – Nej, jag hade ju aldrig glömt det. Det var som jag sa till dig, att jag såg pappa med kniven i handen och frågade vad han höll på med.
   – Mm.

Jag visste hela tiden att han inte var bra för oss. Innerst inne visste jag det, men i början ville jag inte erkänna det för mig själv. Jag vet inte riktigt varför jag var så svag. Jag visste att han hade en bror som hade brutit med honom på grund av hur han var, och jag visste att kvinnorna i flera av hans tidigare förhållanden hade sagt att han bara hade varit ute efter deras pengar och att han hade varit otrevlig mot deras barn. Det borde ha fått varningsklockorna att ringa, men jag var tydligen helt döv.

Jag fick också höra att han ansågs vara svartsjuk och kontrollerande och hade hotat folk för att få som han ville. Det var en kompis till mig som tog reda på saker om honom för att hon inte gillade honom och tyckte att jag blev så förändrad när vi hade flyttat ihop. Och det var sant, men det blundade jag för.

Han bevakade allt jag gjorde och ville ha full kontroll över vår ekonomi. Ringde till jobbet och kollade att jag var där. Ogillade att jag träffade min familj och mina vänner. Han fick mig att dra mig undan mitt gamla umgänge så att jag började känna mig ensam och isolerad.

Och han var inte snäll mot Ada och Elsa. Jag försökte prata med honom om det, men varje gång hotade han med att han skulle lämna in en orosanmälan till socialen så att jag skulle förlora vårdnaden om barnen. Jag mådde inte bra, men han hade mig i sitt grepp utan att jag förstod det. Det var inte förrän jag märkte att Ada började bli otrygg som jag reagerade. Hon fick sömnproblem och började kissa på sig, och det hade hon inte gjort tidigare. Hon var fem år då. Till mig sa hon att Otto kallade henne gris och sa att hon var dum och ful när jag inte var där och kunde höra. Jag visste inte riktigt vad jag skulle tro, för hon hade livlig fantasi och hittade ofta på saker. Men ibland vaknade hon på nätterna och grät som om hjärtat skulle brista, så jag förstod att allt inte var som det skulle.

Och så en dag när jag kom hem från jobbet hade hon fått ett sår på ena handen. Det satt ett plåster på, men det blödde fortfarande, och såret var så djupt att vi var tvungna att åka till akuten och få det sytt. I bilen dit berättade Ada hur det hade gått till. Hon hade stått på en pall i köket och diskat, och så hade Otto blivit arg och skurit henne i handen. Hon visste inte med vad, men när jag frågade Otto innan vi åkte hur Ada hade fått såret, sa han att en tallrik hade gått sönder i diskhon och att det var den hon hade skurit sig på. Jag frågade varför han inte hade åkt till sjukhuset med henne när han såg hur djupt såret var, men det fick jag inget svar på. Och läkaren på akuten sa att skadan inte kunde ha orsakats av en porslinbit utan troligtvis av en kniv.

Efter den händelsen var måttet rågat för mig när det gällde Otto. Där gick han verkligen över gränsen. Jag sa åt honom att flytta. Men först vägrade han, och det blev en massa bråk. En gång sparkade han mig i mellangärdet så att ett av mina revben knäcktes. Det var i alla fall så det kändes. Och jag slog honom också. Vid ett tillfälle var Elsa närvarande och gick emellan för att få oss att sluta. Det kändes inte alls bra att hon skulle behöva vara med om det, och jag ångrade att jag hade låtit Otto bo hos oss trots att jag visste att barnen inte tyckte om honom.

Ada fick psykiska besvär efteråt och började avskärma sig från både vuxna och kompisar. Hon höll sig för sig själv och svarade knappt på tilltal. Och hon åt dåligt, så att det ibland bara blev en macka eller ingen mat alls. Hennes humör förändrades också, så att hon i vissa stunder kunde bli både fysiskt och psykiskt utagerande. Hon mår fortfarande inte bra, och jag har många gånger undrat vad det egentligen var som hände henne i samband med Otto, men jag har aldrig fått veta det.

FRIDA

Att skiljas är inte lätt. Särskilt inte om man inte är överens om det. I värsta fall blir kvinnan som lämnar mannen mot hans vilja dödad. Det finns det många exempel på. Ibland är det kvinnan som ställer till med elände.

I en bandinspelning som jag gjorde i samband med boken jag skrev om Sandras död berättar Mats hur det gick till när han och Sandra separerade.

MATS: När Maja väl var född gick det bra i flera år. Sandra gick in för att vara en bra mamma, och det lyckades hon med, så under Majas första två år var det inga problem alls. Men sen började hon anklaga mig för att jobba för mycket och sova över i övernattningslägenheten för ofta. Och det hade hon rätt i, för jag gick ofta dit direkt efter jobbet och kom inte alltid hem på kvällarna.

FRIDA: Varför?

MATS: Därför att jag märkte att min närvaro hade börjat irritera henne igen och jag ville undvika att det blev bråk. Jag kände mig pressad av situationen och behövde andrum.

FRIDA: Mm.

MATS: Men det fungerade inte att jag höll mig undan. Och snart var allt som förut igen, att hon fick okontrollerade raseriutbrott och inte gick att lugna. Det hände inte så ofta, men jag började ändå fundera på att flytta. Jag hade ju den där övernattningslägenheten som jag kunde bo i så länge.

Det var bara i förhållande till mig som Sandra fick sina utbrott och jag ville inte att Maja skulle behöva vara med om det. Jag tänkte att det skulle bli lugnare för henne om jag bodde på annat håll. Så till slut flyttade jag.

FRIDA: Hur gammal var Maja då?

MATS: Hon var tre. Men det tog ju inte slut när jag hade flyttat heller. Det var då Sandra började polisanmäla mig för olika saker. Att jag hade misshandlat både henne och Maja och hotat att skjuta ihjäl båda två. Det kom som en chock för mig, för så långt hade jag aldrig trott att hon skulle gå. Att hon skulle driva det så långt som till polisanmälan.

FRIDA: Åklagaren måste ha väckt åtal på väldigt svaga grunder, för det fanns ju inga bevis mot dig.

MATS: Nej, jag förstår inte vad han byggde det på.

FRIDA: Hur blev det sen då?

MATS: När rättegången var över trodde jag att hon skulle ha fått nog, men hon fortsatte att anklaga mig för att misshandla Maja. Hon hade sagt till sin bästa vän också, att jag slog och låste in Maja. Det berodde på att jag var stressad och inte orkade med henne, hade hon förklarat. Maja var fem år då, och det enda jag ville var att få ett slut på alltihop.

FRIDA: Var det Caroline hon sa det till?

MATS: Ja, och säkert till andra också.

FRIDA: Caroline måste ha blandat ihop saker och ting, eller också mindes hon fel, för när jag pratade med henne i samband med boken sa hon att allt var frid och fröjd mellan dig och Sandra tills Maja var fem år.

MATS: Nej, så var det inte. Det var bara några år i början av vårt förhållande och ett par år efter Majas födelse som det var helt lugnt. Men det var när Maja var fem år som Sandra blev dömd för trakasserier och falska anklagelser som jag hade polisanmält henne för. Hon gjorde allt för att svartmåla mig, bland annat genom att hänvisa till sin falska dagbok, men rätten trodde mer på mig än på henne och jag blev äntligen rentvådd.

FRIDA: Du fick skadestånd också?

MATS: Ja, det fick jag. Men det var inte pengarna som var det viktiga utan att min lämplighet som vårdnadshavare inte längre var ifrågasatt.

FRIDA: Lugnade hon ner sig sen då?

MATS: Nej, vi hade ju det där med vårdnaden kvar att lösa, och det utnyttjade hon för att hålla kontakten vid liv. Och att jag ville träffa Maja så ofta jag kunde. Det försökte hon hela tiden sabotera.

FRIDA: Jag förstår faktiskt varför åklagaren tyckte att du hade motiv att döda henne.

MATS: Mm.

FRIDA: Men det borde ha rubricerats som dråp och inte som mord.

MATS: Ja, jag har förstått det.

FRIDA: Att du fick minimistraffet tror jag berodde på att det fanns tvivel på att du var skyldig.

MATS: Varför tror du det?

FRIDA: Jag minns ett fall där två män befann sig i en lägenhet tillsammans och började bråka och den ena knivhögg den andra till döds. Han nekade och sa som du, att han hade kommit dit och hittat kompisen död. Men det fanns tekniska bevis, och han dömdes för mord. Med tanke på omständigheterna, att det inte var planerat och skedde i ilska och hastigt mod, borde det ha rubricerats som dråp kan man tycka, men han fälldes för mord. Och i hans fall blev det inte tio år utan sexton. Så det kan var väldigt olika när det gäller både rubricering och påföljd utan att man riktigt begriper varför. Tänk på Joy Rahman och Thomas Quick till exempel. Båda blev dömda för mord utan några som helst tekniska bevis. Och det blev du också.

MATS: Mm.

FRIDA: Varför överklagade du inte?

MATS: Jag orkade inte. Jag kände mig skyldig till att jag inte hade lyckats hjälpa Sandra, och jag kände mig skyldig till hur Maja hade haft det, och jag kände mig skyldig till att jag hade dragit in Emma i det, och jag kände mig skyldig till att jag faktiskt hade önskat livet ur Sandra ibland. Jag tyckte att det var lika bra att jag satt inburad så att jag inte skulle kunna ställa till med mer elände.

FRIDA: Herregud.

MATS: Ja, det kan man kanske säga. Men hur skulle det ha blivit med Maja om jag hade gått fri? Skulle jag verkligen ha fått vårdnaden om henne i det läget? Siw skulle ju ha kämpat med näbbar och klor för att få behålla henne. Och hur skulle Maja själv, som var övertygad om att jag hade dödat Sandra, ha ställt sig till mig? Nej, jag tyckte att det var lika bra att jag var ur vägen.

FRIDA: Ja, jag förstår det.

Utredningen av Otto Widéns död fortskrider genom nya förhör, men ingenting har hittills gett några användbara uppslagsändar. Enligt ett av vittnena slängde Otto ner sin Iphone på spåret innan han föll, eller om han tappade den i samband med knuffen. Det är lite oklart. Den påträffades och har undersökts, vilket ledde oss fram till personen han hade telefonkontakt med strax innan han dog. Det visade sig vara en mullig kvinna i fyrtioårsåldern. Jag träffade henne på polishuset i mitt tjänsterum. Hennes blekta hår var uppsatt i en slarvig knut i nacken och hon hade tre piercingringar i ytterkanten på ena örat. Doften av hennes starka parfym fanns kvar i mitt rum i flera timmar efteråt.

Det var så hemskt. Han sa nånting och garvade, sen hörde jag en krasch och så blev det tyst. Jag fattade inte vad det var jag hörde. Det var hans sista sekunder i livet jag hörde, men det fattade jag inte då.

Jag var inne i en affär när han ringde, och han var på väg hem. Det sa han. Jag kommer inte ihåg vad han ville. Prata bort en stund medan han väntade på tåget kanske. Det gjorde han ganska ofta. Ringde och småpratade, alltså. Jag berättade om en jobbarkompis som inte ville vaccinera sig, och han kommenterade det, och sen var det slut.

När jag fick veta vad som hade hänt fick jag en chock. Och jag fattade på en gång att han inte hade gjort det själv. Först trodde jag att det var en olyckshändelse, men sen fick jag veta att han hade blivit knuffad. Det var så hemskt.

Nu, innan han dog, var han anställd på Swedbank, men när jag blev bekant med honom jobbade han på en annan bank. Vi blev kära och började vara ihop. Det är snart tolv år sen. Han bodde hos mig ett tag, men det funkade inte, så han flyttade ganska snart ut igen. Sen fortsatte vi som vänner. Jag hjälpte honom med pengar ibland, för han hade skulder och dålig ekonomi. Det var inget problem för mig.

En gång gav jag honom en bil. Och jag hjälpte honom att flytta några gånger. För det gjorde han ganska ofta. Flyttade, alltså. In och ut hos olika kvinnor. Det hade jag inga synpunkter på. Vi var vänner och jag hjälpte honom. Han sa alltid att han skulle betala tillbaka pengarna jag gav honom, men det gjorde han aldrig. Jag tänkte inte så mycket på det och krävde aldrig att få tillbaka pengarna. Jag gillade honom och tyckte lite synd om honom.

Hans enda nära släkting var en äldre bror som bor i Kanada och som han aldrig träffade, så det var jag som tog hand om begravningen och bouppteckningen. Polisen var inne i hans lägenhet och rotade i hans saker, men jag var där efteråt och gick igenom alltihop och såg till att det ordnades upp. Det hade hans bror bett mig göra. Det var så hemskt att han var död och att han dog på det där sättet. Under ett tåg, menar jag. Och vem var det som knuffade honom? Det skulle jag bra gärna vilja veta. Var det nån han kände eller en okänd galning?

## FACEBOOK

**Jennifer Andersson**

Hej alla vänner! Här kommer lite mainstream news för att belysa dagsläget!

"Pandemin är fortfarande ett faktum men vaccinerna fortsätter att rädda liv. Nu har Sverige gått in i en ny fas där en tredje påfyllnadsdos erbjuds runt om i landet.

Samtidigt kan Läkemedelsverket konstatera att det var rätt beslut att erbjuda svenska folket vacciner mot covid-19.

– Vi ser att nyttan fortsätter att överväga risken, säger Veronica Arthurson, chef för läkemedelssäkerhet på Läkemedelsverket.

Läkemedelsverket har hittills tagit emot nästan 90 000 rapporter om misstänkta biverkningar. I de flesta fall rör det sig om övergående symptom såsom huvudvärk, feber och ont i armen.

Biverkningar avseende den tredje vaccindosen skiljer sig hittills inte från tidigare doser, enligt Läkemedels-verket.

– Den här typen av reaktioner är ett svar på att immunförsvaret har aktiverats, det är helt förväntat, säger Veronica Arthurson.

Bland rapporterna om biverkningar hos Läkemedels-verket finns över 350 dödsfall registrerade, men det betyder inte att det är vaccinen som orsakat personernas död, enligt myndigheten.

– Vi ser att dödsfallen framför allt rör äldre personer som har haft andra sjukdomar i samband med sin vaccination.

Personer under 30 rekommenderas att fortsätta vaccinera sig, men nu endast med Pfizers vaccin.

Anledningen är att Pfizers vaccin bedöms medföra en lägre riskökning för hjärtmuskelinflammation i den här gruppen än Modernas.

– Men det kan bli så att vi i en framtid ser att det är tre doser som utgör grundvaccinationen och där man räknas som vaccinerad. Men där är vi inte riktigt än.

Vaccinsamordnare Richard Bergström anser dock att den tredje dosen bör vara en del av det ordinarie vaccinationsprogrammet.

– Därför väljer jag att kalla det för tredosvaccin. Det visar tydligt att man inte ska avstå en tredje spruta. Det är ingen frivillig lyx som bara ger en marginell förbättring, den är viktig, säger han till Dagens Nyheter.

Sveriges vaccinsamordnare Richard Bergström förhandlar om vaccininköp på EU-nivå. Han menar att det inte finns någon motsättning mellan att ge två eller tre doser. För att vara fullvaccinerad krävs tre doser, inte två som man bedömde först.

– Det är ett folkhälsobeslut, det är helt underbyggt vetenskapligt. Det är ingen lyxverksamhet.

Ingen är säker förrän alla är säkra, lyder WHO:s budskap. Första halvåret 2022 ska alla länder nå målet att ha 70 procent vaccinerade – och hitta vägen ut ur pandemin."

**Ernst Isaksson**
Berättelsen har successivt förändrats. Från början skulle bara de äldre och de i olika riskgrupper vaccineras för att få ett skydd. Sedan blev det de yngre, och nu har man börjat vaccinera barn, trots att Covid-19 aldrig varit en hälsofara för vare sig barn eller vuxna som inte har underliggande sjukdomar. Varför ska människor som inte tillhör någon riskgrupp vaccineras? Jag förstår inte det. Varför ska barn ta risken att leva med svåra biverkningar

resten av sina liv när risken att skadas av Covid-19 är lägre än att de skadas av en vanlig influensa?

**Jonas Malmberg**
Ur Läkartidningen 2021-09-21
"Vi får under inga omständigheter upprepa de tragedier som kan kopplas till vacciner de senaste decennierna. Pandemrix mot svininfluensa orsakade narkolepsi hos minst 350 svenska barn. Dengvaxia, ett vaccin mot denguefeber, introducerades i likhet med covid-19-vaccinerna innan prövningarna var avslutade. 19 barn dog av vad man bedömde vara ADE (antibody-dependent enhancement) innan vaccinationerna stoppades. Genomgången infektion ger en immunitet som är avsevärt bättre och håller längre än vaccination. Sannolikt har många barn redan immunitet, och barn i riskgrupp erbjuds redan vaccin."

– *Varför har inte du några barn, Frida?*
  – *Det har inte blivit så bara.*
  – *Är du ledsen för det?*
  – *Nej, inte ledsen, men jag skulle gärna ha velat det.*
  – *Tur att du blev ihop med pappa då, som redan har ett barn.*
  – *Ja, jag är jätteglad att jag har träffat dig, Maja!*

# FRIDA

Några av Ottos arbetskamrater på Swedbank har hörts tidigare och redogjort för sina personliga intryck av honom. Jag har varit där och pratat med en man och en kvinna som båda gav en ganska negativ bild av honom, vilket överensstämmer med övriga vittnesmål från hans kolleger. Det framgår tydligt att han inte var särskilt omtyckt på sin arbetsplats.

Ellen Haglund, som var i femtioårsåldern, såg trött och sliten ut. Hon var inte hörd sen tidigare och hade inte så mycket att berätta. Vi satte oss vid ett bord i personalmatsalen, som var i stort sett tom just då, och jag förklarade för henne att vi åker runt och pratar med personer som kände Otto för att om möjligt hitta ny information som kan leda oss vidare i utredningen av hans död. Hon kände till att vi misstänker att han blev knuffad, men hon ställde inga frågor och verkade inte särskilt intresserad av det, vilket kanske berodde på att hon inte hade tyckt om honom.

Jag tycker att det är svårt att beskriva andra människor. Men Otto var inte särskilt trevlig. Självbelåten och egoistisk. Satte alltid sina egna behov främst. Kom sent och gick tidigt. Lastade över egna arbetsuppgifter på andra. Följde inte schemat. Ägnade sig åt privata angelägenheter på arbetstid. Gav folk gliringar och gjorde sig lustig på andras bekostnad. Gnällde och beklagade sig över hur andra var. Jag försökte slå dövörat till och inte låta mig provoceras av alla dumheter han satt och hävde ur sig. Ibland kändes det som om han bara var ute efter att få mothugg. Som om han njöt av att reta upp folk och bli emotsagd och kunna argumentera och få sista ordet. Så det gav jag mig aldrig in i. Jag bevärdigade honom inte med så mycket som en kommentar. Jag visste att det provocerade honom mer att bli ignorerad än att mötas av högljudda protester. Ville man stressa honom och få honom ur balans var det bara att osynliggöra honom, för det tålde han inte. Inte att man visade tyst ogillande heller. Han behövde hela tiden bli sedd och bekräftad, och det bjöd jag honom aldrig på. Jag tyckte inte om honom och ville ha så lite som möjligt med honom att göra.

# FRIDA

Widéns kollega Gunnar Carlsson var en kraftigt byggd man i sextioårsåldern. Han hade hög panna och djupt liggande ögon och var klädd i rutig skjorta och jeans. Håret var tunt och såg otvättat ut, men han hade ett fast handslag och gav ett pålitligt intryck. Han var hörd tidigare, men vid det tillfället hade han legat lågt och inte berättat så mycket för polisen, anförtrodde han mig. "Det kändes opassande att komma dragande med alla hans fel och brister när han precis hade dött", som han sa. Ja, det kan jag förstå. Men nu var det inget som hindrade honom längre. Nu skrädde han inte orden. Hans uppfattning om Otto bekräftade i stort sett den bild Ellen Haglund hade gett av honom, men han kom också med en ny uppgift som han inte hade delgett polisen tidigare.

Enligt min mening var Otto, om du ursäktar att jag säger det, ett riktigt praktarsel. Han var en manipulativ översittartyp som alltid skulle ha sin vilja igenom och som aldrig brydde sig om hur hans handlingar påverkade andra. Bland annat mobbade han en kvinna som jobbade här förut så att hon blev helt knäckt och fick lov att sluta. Jag märkte inget av det medan det pågick, men jag har fått höra om det efteråt. Det är i alla fall ingen större förlust att han är borta, för han förpestade tillvaron för många här, även om han aldrig lyckades få andra med sig. Det var bara enhetschefen som uppskattade honom, och till henne sprang han stup i kvarten och snackade skit, misstänkte vi.

Jag har hört mycket skitsnack om honom själv också. Att han försökte inleda förhållanden med välbeställda kvinnor för att komma åt deras pengar, att han var manipulativ och kontrollerande och kunde bli våldsam om han stötte på motstånd eller blev avvisad. Inte var han snäll mot barn heller, har jag hört. Så det är ingen positiv bild jag har av honom. Och att han tog livet av sig bedömer jag som helt uteslutet. Driva andra till självmordets brant kunde han säkert, men ta livet av sig själv var han alldeles för inbilsk och självgod för att göra.

När jag säger att han inte fick andra med sig, så menar jag i skitsnacket, men några lät sig konstant utnyttjas av honom och vågade inte säga ifrån. När han fick ett behov av att ringa privata samtal eller surfa på nätet – vilket hände dagligen – lastade han över sina arbetsuppgifter på andra med förklaringen att han "inte hann" själv. Sen satt han helt öppet och snackade i mobilen medan kollegorna i närheten försökte koncentrera sig och inte låta sig störas av hans högljudda pladder. När han själv måste koncentrera sig på en arbetsuppgift krävde han däremot absolut tystnad omkring sig. Då fick man inte ens diskutera arbetsrelaterade saker i hans närhet.

Jag har aldrig fattat varför mina kolleger lät honom hållas och till och med gick med på att göra hans jobb ibland. Själv skulle jag aldrig i livet ha ställt upp på det. Som tur var behövde jag aldrig sitta i närheten av honom, och hade jag gjort det skulle jag inte ha kunnat hålla inne med vad jag ansåg om hans beteende. Men då hade han väl börjat mobba mig på samma sätt som han mobbade kvinnan som han enligt ryktena knäckte. Eller också var han så jävla feg att det bara var värnlösa kvinnor han vågade ge sig på.

*– Hon fick inte säga nånting. Jag sa åt henne att vara tyst. Jag visste vad jag behövde göra. Allt jag behövde göra var att kontrollera och dominera henne. Jag tyckte inte att jag var våldsam. Och först kämpade hon inte emot särskilt mycket. Hon bara låg där. Men sen började hon göra motstånd, och då slog det liksom slint. Då var det inte jag som agerade längre. Då hade nån annan tagit över. I det läget förstärkte jag hotbilden genom att sätta händerna runt hennes hals. Sen tog jag henne. Det vete fan hur jag ska säga. När vi låg där på marken var det precis som att jag blev mer och mer aggressiv. Jag blev jävligt arg på henne för att hon gjorde motstånd. Ju mer motstånd hon gjorde, desto argare blev jag. Jag kände mig desperat och tog tag om hennes hals. Inte för att skada henne utan för att få henne lugn. Sen gick allting så fort. Jag antar att det gick fort, men det enda jag kommer ihåg är att jag klämde åt om hennes hals. Först gav hon ifrån sig ett gurglande ljud, sen blev det tyst. Hon låg alldeles stilla medan jag knullade henne. Hon gjorde inget motstånd och var helt borta. Hon bara låg där*

*med ansiktet åt sidan och lät mig knulla henne. Efteråt kände jag mig helt nollställd. Det var som att jag inte brydde mig. Samtidigt var jag jävligt skakis och hade svårt att ta mig därifrån.*

Otto Widén? Ja, honom minns jag. Jag träffade honom aldrig, men min fru pratade ofta om honom, eftersom han var så otrevlig mot henne och gjorde henne så förtvivlad. Det var han som drev henne till självmord. Han och hennes odugliga chef. Och nu är han själv död? Mördad? Ja, det beklagar jag inte. Jag hyste själv hatkänslor mot honom många gånger och önskade livet ur honom.

Om han bara hade låtit henne vara! Jag har aldrig förlåtit honom för det han gjorde mot henne. Det var oförlåtligt! Jag skulle själv ha kunnat döda honom om jag bara hade fått tillfälle. Det skulle inte ha varit planerat, för så hämndlysten och kallblodig är jag inte, men i hastigt mod skulle jag säkert ha kunnat göra det. Det var i alla fall så jag kände många gånger.

Det hela började när han som nyanställd kom och tog kommandot på Annas arbetsplats. Efter en tid märkte hon att alla började titta snett på henne varje gång hon öppnade munnen och att hon alltmer sällan fick svar på sina frågor för att till slut bli helt ignorerad. Det hade aldrig varit några problem på hennes arbetsplats tidigare. Allt förändrades från den stund Otto kom dit, genom det han gjorde mot Anna med hennes kollegors alltmer tysta medgivande. Hon försökte förklara för sin närmaste chef hur hon upplevde situationen av att bli utfryst av både Otto och sina arbetskamrater, men hennes chef tog inte tag i det utan vände det istället mot henne själv. Det var det som till slut knäckte henne. Hon hade öppnat sig och berättat hur hon mådde av det hon fick utstå, och därmed begick hon samma misstag som så många andra rättskaffens människor gör, nämligen att hon trodde att det finns samarbetsvilja och rättvisa i samhället.

Efter mötet med chefen, där hon till slut blev förhörd och närmast utskälld, hamnade hon i ett chocktillstånd. Hon kunde inte förstå varför chefen inte försökte lösa problemet som hon upplevde med Otto. Hon kunde inte fatta hur en chef kan hålla en socialt och administrativt inkompetent person om ryggen istället för att hjälpa den som mobbas.

Men till slut insåg hon den grymma sanningen. Hon var så usel att hon inte ens var värd att få hjälp. Ofta kom ångesten och en känsla av absolut vanmakt över henne. En känsla av att ha blivit knäckt utan att kunna hjälpa sig själv och utan att kunna få hjälp av samhället. Under tiden det pågick fick hon till exempel inget som helst stöd av facket, som ställde sig på arbetsgivarens sida gentemot henne. Hon hade skött sitt arbete klanderfritt i över tio år och nästan aldrig varit sjuk, men det vägde tydligen lätt i vågskålen. Nu kände hon att hon hade blivit fråntagen hela sitt människovärde och existensberättigande. Därmed var hon också fråntagen möjligheten att leva ett någorlunda drägligt liv. Hon blev djupt deprimerad och plågades ständigt av malande tankar. Utan hennes vetskap skrev jag ett brev till hennes högsta chef där jag redogjorde för händelseförloppet och beskrev min syn på situationen. "Anna är helt nedbruten och deprimerad och jag är rädd att hon kan komma på tanken att göra sig själv illa", skrev jag. Men jag fick inget svar, vilket bevisade även för mig hur totalt likgiltig man var för hennes situation.

Veckan före jul avslutade hon sitt liv genom att ta en överdos sömntabletter. Du kan få läsa hennes efterlämnade dagbok om du vill, så att du förstår hur dåligt hon mådde av det hon fick utstå på grund av den där skitstöveln. Jag är glad att han är död, och om ni får tag i den som dödade honom kan ni hälsa och tacka från mig.

# DAGBOK

Jag har aldrig skrivit dagbok förut. Jag har aldrig känt behov av det, och när skulle jag ha haft tid, med make, två barn och ett heltidsarbete att sköta? Mitt liv var alldeles för fulltecknat för det. Men nu när min tillvaro har blivit så tom och meningslös, är det som om jag behöver skriva ner mina tankar och känslor för att få min förtvivlan lite på avstånd och känna att jag fortfarande existerar. Jag redogör inte i detalj för alla händelser, och jag skriver inte varje dag, men jag tycker att det hjälper lite att sätta ord på mina känslor av raseri och förtvivlan som omväxlande stiger upp inom mig och hotar att förgöra mig.

En ny vecka. Det känns motigt på alla sätt och vis. Hoppas jag står ut. Varför måste vuxna människor vara så illvilliga? Irrar runt på lunchen. Köper lite frukt, går tillbaka till jobbet, vill bara skrika. Olidligt.

Måste försöka stå ut, men det är inte lätt. Jag bara grubblar. Måste försöka rycka upp mig.

Sov så dåligt i natt, så nu har jag tagit en tablett. Kryper ner under täcket och skulle helst vilja stanna där för alltid. Men det blir kanske bättre i morgon.

Mycket stress idag. Är orolig och nervös. Hur ska jag klara mig? Hur ska jag orka leva vidare? O fjäskar för personalen. Han hade beställt en stor tårta till kaffet. Men jag tog inget. Jag känner hur det sjuder inom mig. Hur länge ska jag orka?

Sen O började hos oss har det blivit så dåligt. Han vill gärna lägga över saker på andra, och han följer inte upp och har begått flera allvarliga fel utan att behöva stå till svars. Han har behandlat mig som luft hela tiden från det han började här och går förbi utan att hälsa. Trots att det är emot mina principer att bete mig ohövligt har jag börjat svara med samma mynt. En gång berättade jag för en läkare om förhållandena på min arbetsplats. Då fick jag till svar att tyvärr så förekommer liknande saker på många arbetsplatser. Ja, det var ju också en tröst.

Idag när jag kom hem ville jag bara gråta och skrika rakt ut, men jag fick trycka ner det tills F hade somnat. Då brast det. Gick upp från sängen flera gånger för att inte väcka F. Till slut tog jag en tablett och slumrade in. Måste försöka koppla bort allt det hemska på jobbet.

Det känns som om jag med alla medel ska brytas ner. Hjälp mig gode Gud att uthärda och ge mig kraft att stå ut! Vet snart inte vad jag ska ta mig till. Låt mig få uppleva den dagen då O försvinner! Det skulle vara en sådan lättnad för mig.

Ibland vill jag bara försvinna från alltihop. Jag försöker säga till mig själv: Bry dig inte om vad andra gör, sköt ditt och strunta i din omgivning. Men alla har ett behov av att få vara omtyckta och delaktiga.

Jag kan ingenting. Törs inte, vågar inte. Törs inte berätta mer för F. Det måste kännas hemskt för honom att ha det så här med mig. Jag vet inte själv hur jag ska uthärda. Kan inte få bort tankarna ur huvudet hur mycket jag än försöker. Det är som ett stort berg som jag måste ta mig över. Gode Gud hjälp mig. Ge mig kraft att uthärda.

Det känns som om jag inte har några rättigheter längre. Det verkar som om arbetskamrater och arbetsgivare kan göra hur som helst med en anställd som inte anses passa in. Utfrysning och mobbning på arbetsplatsen tillåts utan vidare.

Det känns i bröstet som om det är ett kraftigt rep som dras åt. I svalget har jag en hård klump. Är det bara nervöst eller vad kommer det sig av? Vet varken ut eller in.

Varför, varför? Alla ser väl helst att jag försvinner. Men om jag bara kan känna lite inre ro så ska jag sköta mitt och försöka ett tag till. Vill försöka visa att jag klarar det. Men nu är jag inte riktigt säker på mig själv.

Jag har arbetat här längre än O så han har ingen rätt att ta till några förmyndarfasoner mot mig. Ibland är han som en omvänd hand. Så fort det framkommer att han har gjort fel beror det på andra, men är allting bra, så är det hans förtjänst. Jag säger till mig själv: Låt det vara, bry dig inte om det. Men det är inte rätt!

Personalen skämtar och skrattar tillsammans, medan jag får stå utanför och se på. Det finns inget sätt att bekämpa den sortens uppträdande. Ibland är jag rasande. Än vill jag gråta, än börja skrika och slå.

Hur kunde det bli så här? Jag anmälde till min chef redan för ett år sedan att jag upplevde det som svårt att O inte pratade med mig. Han skulle ta upp det sa han, "för så får det ju inte vara". Men ingenting hände. Istället började han hacka på mig. Dels om att jag hade sagt mig vara förföljd, som han hade fått veta ryktesvägen, dels att jag hade varit otrevlig mot mina kollegor. Jag fick inte ha fackombudet med mig vid mötet, för det behövdes inte, sa han. Han sa att det han tog upp med mig fick bli en <u>varning</u>. Jag blev alldeles chockad och förstod ingenting. Jag har ju arbetat i över tio år utan anmärkning. Sen hade han sagt till facket att han hade försökt lösa problemet med mig och O flera gånger utan att lyckas. Men han har aldrig försökt reda ut saken med oss två tillsammans. Han sa till mig att det inte var någon idé sen han hade pratat med O. Han lät det O sa om mig avgöra.

O har aldrig pratat med mig så länge han har varit hos oss, och han har baktalat mig så att alla mina kollegor som jag förr kom bra överens med har ställt sig på hans sida och vänt mig ryggen. Det är så fruktansvärt hemskt. Jag har flera gånger sökt läkare för att det har känts outhärdligt. Jag sa till F att jag sköter mitt och bryr mig inte om O. Men till slut var måttet rågat. F sa att jag måste prata med min chef om det, och då gjorde jag det. Jag kallades in i hans rum och skulle säga vad jag upplevde som svårt med O, och svaret jag fick var alltså att "så får det ju inte vara, och det måste vi göra något åt". Jag väntade mig att vi skulle sätta oss ner alla tre och reda ut det, men inget hände. Jag väntade månad efter månad och arbetade på så gott jag kunde under tiden. Sen bad chefen om ytterligare ett samtal. Han sa att det ryktades att jag kände mig förföljd på kontoret. Han ville veta av vem eller vilka så att det skulle kunna åtgärdas. Jag svarade att det har jag aldrig sagt, men att jag känner mig utanför, och så frågade jag varför han inte hade tagit upp mitt problem med O efter förra gången. Svaret jag fick var att han inte tyckte att det behövdes sen han hade pratat med O.

Nu har jag varit sjukskriven i sex veckor. Jag blev först sjuk i influensa. Sen blev jag alltmer deprimerad och förvirrad. Det är O som bär skulden till att jag blev sjuk. Han hade matat min chef med lögner för att framstå som bra själv. Han var så falsk, och han trakasserade mig genom utfrysning och mobbning. Min chef sa att han ville prata med mig för att jag hade varit otrevlig. Mot vem fick jag inte veta. Han sa att det vi hade pratat om under mötet fick bli en varning. Jag blev så chockad att jag bara reste mig upp och gick.

Vilka långa dagar det är nu. Varför har det blivit så här? Jag känner mig urusel och säger till mig själv: Du tar ju död på din man som försöker trösta och hjälpa dig utan att lyckas. Han är så snäll mot mig men det måste bli hopplöst för honom till slut så tråkig som jag är.

Dagarna är långa som år. Alla har så mycket att stå i men inte jag. Har varit på stan två gånger och bland annat köpt garn till en tröja som jag tänkte sticka till F. Vet inte om jag kommer att orka. Inget är roligt, men jag måste försöka. Vad ska jag ta mig till, och vart ska jag ta vägen?

Idag såg jag O på tåget. Han satt och knappade på sin mobil och såg mig inte. Jag hoppas att jag aldrig mer ska behöva se honom.

Min sjukdom har förvärrat situationen och igår blev det akut, så att jag fick åka till psyket. Man ville lägga in mig, men jag gick inte med på det.

Jag tror aldrig att jag kommer att kunna arbeta igen. F tror att man kan få hjälp av facket, men så är det inte alls. Hur kan man göra sig av med människor så lätt? Vad finns det för skäl till att jag ska bort? Av vilken anledning tog inte min chef upp mina klagomål mot O som inte pratade med mig? Jag står inte ut längre med att ha det så här. Det blir bara värre och värre. Det är lika bra att jag försvinner.

Jag fasar för julen. Jag vill inte uppleva den. Det kan inte hjälpas, men jag måste bort. Barnen är stora nu och klarar sig själva och F har det bättre utan mig. Jag är bara till besvär för honom. Ingenting ger mig glädje mer. Därför gör jag det. Ingen behöver sörja. Det är bäst som sker. Jag har kämpat emot, men det känns som om jag står vid en avgrund som vill dra ner mig i mörkret.

Jag är totalt likgiltig. När man inte längre har kontroll över sina känslor, när man har förlorat tidsuppfattningen, när allt runt omkring en flyter ihop, när man inte riktigt uppfattar vad andra säger till en, när man inte längre har kraft att svara, när allt försiggår som i ett töcken, när man bara mekaniskt utför sina dagliga sysslor... Det måste ske. Det är inte lätt att övervinna rädslan, men jag måste.

Kära Frans!
Det här är mina sista rader till dig. Nu behöver du inte längre ta hand om mig. Nu är det dags för mig att sluta. Jag vill inte ha det på annat sätt. Jag orkar inte längre. Det är slut för

alltid. Förlåt mig för det jag gör, men jag kan inte leva så här längre. Jag älskar dig så mycket. Jag önskar dig all lycka i livet när jag inte är i vägen för dig längre. Jag är helt slut och kommer aldrig att kunna återhämta mig. Jag har ingen styrka längre att börja om från början. Ingen ska beklaga mig, för egentligen har jag bara mig själv att skylla. När jag nu lämnar livet och du läser det här vet jag att jag åsamkar dig stor sorg. Men du får inte tro att jag inte tänker på dig och våra kära barn. Genom dig och barnen har jag fått uppleva hur härligt det kan vara att ha en familj. Tyvärr är den tiden nu förbi. Det är säkert fel väg att gå, men jag vet ingen annan. Jag hoppas du minns gott om mig trots allt ont jag har gjort. Jag önskar dig mer lycka än du hade med mig. Du var allt jag hade, men vad ska du med en odugling som jag till. Särskilt under det senaste året har jag varit en hemsk börda för dig, för under det året har min väg stått alltmer klar för mig. Du har alltid hjälpt mig, men till slut räckte det inte. Ingen kan hjälpa en annan att få ordning på tankarna eller ta bort ångesten. Var inte arg på mig. Förlåt mig för att jag tar det här steget, men jag ser ingen annan utväg.

Din Anna

*Tillsammans med en manlig kollega åker jag på ett suicidlarm. En person hotar att hoppa från en balkong på sjunde våningen. När vi anländer till den aktuella adressen ser vi nerifrån gården att en kvinna står och balanserar på det smala räcket till en balkong högt ovanför oss. Ambulans och räddningstjänst är redan på plats och en mindre folksamling har bildats runt fordonen. Vi åker upp och ringer på, och dörren öppnas av anmälaren som är kvinnans sambo. Medan han redogör för omständigheterna för min kollega, går jag ut på balkongen och ser kvinnan som står uppe på* räcket i balkongens ena hörn med ryggen vänd mot mig. Hon tar stöd mot väggen med höger hand, men hon har ingenting att gripa tag i. När jag tilltalar henne säger hon utan att vända sig om: "Kommer du närmare hoppar jag." Det är det enda hon säger som svar på alla mina frågor och försök till kommunikation. Hon vägrar kliva ner från räcket, och hennes hand lämnar flera gånger väggen så att hon står fritt och svajar. Jag bedömer möjligheten att smyga mig på henne bakifrån och snabbt gripa tag om hennes kropp och dra ner henne på balkonggolvet men inser att jag bara skulle nå upp till hennes ben och att mitt grepp med all säkerhet skulle leda till att hon tippade framåt istället för bakåt. I nästa ögonblick tar hon ett kliv rakt ut i luften och störtar handlöst till marken.

# FRIDA

Frans Hjelm var starkt upprörd över hur Otto hade behand-lat hans fru och fått hennes arbetskamrater och chefer att vända henne ryggen. Indirekt var det Otto som fick henne att begå självmord, menade han. För att bevisa det för mig lät han mig läsa hennes dagbok. Efteråt tänkte jag: Var det Anna som dödade Otto? Helt omöjligt är det inte, med tanke på det hon skriver i dagboken. Otto dog i oktober och Anna begick självmord i december, så det är inte omöjligt att det finns ett samband, tänkte jag. Jag ställde en del frågor till hennes man för att kunna bedöma möjligheten och kom fram till att den inte var särskilt stor ändå. Jag bad honom till exempel att be-skriva Annas längd och kroppsbyggnad och frågade om hon hade ägt en grå eller grön kappa med huva. Det hade hon inte, sa han, och hans beskrivning av hennes utseende stämde inte överens med våra uppgifter om kvinnan på perrongen.

Jag frågade också om hon hade förändrats till sättet måna-derna före sin död. "Ja, hon blev så likgiltig och frånvarande att det nästan inte gick att få kontakt med henne," sa han. "Jag var orolig och tyckte att hon skulle söka hjälp, men det ville hon inte. Efteråt förstod jag att hon hade bestämt sig för länge sen och att ingenting skulle ha kunnat få henne att ändra sig." Var det hon som knuffade Otto kunde ju det ha varit den utlösande faktorn till hennes självmord.

Suicidlarm var det aldrig roligt att åka på. Som polis för-väntas man kunna hantera situationer med självmordshot, men att få en desperat människa att ändra sitt uppsåt är inte det lättaste. Under utbildningen genomgår alla poliser kurser om psykisk ohälsa och psykiska sjukdomar, och man får öva olika scenarier. Men som ny har man ingen riktig erfarenhet att koppla kunskapen till, och många aspiranter blir chockade när det visar sig hur mycket psykisk ohälsa det finns där ute. Det går inte att föreställa sig i förväg hur det känns att skära ner en person från ett rep i taket eller hitta en krossad kropp på marken efter ett balkonghopp. Man gör det man ska och tror kanske att man har klarat det, men reaktionerna kan komma efteråt i form av mardrömmar och flashbacks.

När man har varit med om en chockartad händelse i tjänsten finns det alltid möjlighet till debriefing. Själv tyckte jag att bästa hjälpen var att få ventilera mina känslor med en kollega i bilen eller på fikarasten efteråt. Innan skjutningen var det alltid kollegernas stöd som räddade mig från att må dåligt i längden.

Som polis är man tränad i att dominera och att lösa situationer snabbt och effektivt, men i bemötandet av en människa som är på väg att begå självmord fungerar den taktiken oftast inte. Det är kanske inte alltid det bästa att så fort som möjligt få iväg vederbörande till psyket. Ibland kan ett personligt samtal på plats göra större nytta, åtminstone kortsiktigt.

Det gäller att skapa förtroende för att kunna nå fram och påverka, och det tar tid. Den tiden måste man ta sig. Det går inte att bara hasta igenom det. Det första man måste göra är att bryta tillståndet av desperation och tunnelseende som personen ifråga ofta befinner sig i och försöka övertyga om att man är där för att hjälpa. Vissa blir trygga av att känna en hand på sin arm eller axel, medan andra slår bakut vid minsta beröring. Det säkraste är att i första hand använda ord.

FACEBOOK

## Gudrun Hagström
Sverige har 4,89 vuxenintensivvårdsplatser per 100 000
invånare jämfört med t ex Tysklands 24,6 och USA:s 20,0.
Åren 2010–2011 var snittet i Europa 11,5 intensivvårds-
platser per 100 000 invånare.
För 30 år sedan hade vi drygt 6000 respiratorer och
platser på IVA. Idag har vi drygt 500.
FEMHUNDRA!
I en åldrande befolkning.
I en ökande befolkningsmängd.
Tänk om alla dessa miljarder som plötsligt fanns
tillgängliga för vacciner och tester hade använts för att
bygga upp den nedmonterade vården istället!

## Jonas Malmberg
Jag tar stort ansvar för min egen hälsa och för att stärka
mitt immunförsvar. Ändå är den rådande uppfattningen
att jag ska vaccinera mig. Hur hjälper jag sjukvården att
inte bli överbelastad genom att vaccinera mig? Risken att
jag hamnar på IVA p.g.a. biverkningar från vaccinet är
högre än att jag hamnar där p.g.a. Covid-19.

## Iris Ohlsson
Bara något att reflektera över när man anklagar
ovaccinerade för att belasta vården:
PCR-testerna för årets första två veckor kostar lika
mycket som 26 203 dygn på IVA.

## Alexandra Norberg
Angående vaccinet... Vaccinet som skulle göra dig
fullvaccinerad efter 2 doser! Som skulle göra att vi kunde
gå tillbaka till det normala igen!

Minimala biverkningar? Är du ofta förkyld? Känner du någon som blivit dålig i år? Dött hastigt utan förklaring? Har någon du känner utvecklat demens? Fått nedsatt immunförsvar? Fått tillbaka cancer eller fått en cancerdiagnos endast någon månad efter vaccinet? Smärta? Proppar? Andningsbesvär? Eksem?
Blundar du fortfarande för sanningen?

# FRIDA

Jag har äntligen fått tag i det kvinnliga vittnet som reagerade på en kvinna vid entrédörrarna till T-centralen. Hon har varit sjuk och inlagd på sjukhus men är hemma igen sen ett par dagar och har gått med på att träffa mig. Det var hon som befann sig närmast den misstänkta kvinnan och hade störst möjlighet att se hennes ansikte. Vid det första förhöret kunde hon inte beskriva det, och det är inte troligt att hon kan göra det nu heller. Mycket hänger på hur förhållandena på platsen var när hon gjorde iakttagelsen. Negativa faktorer vid en vittnesiakttagelse är kort observationstid, dåliga ljusförhållanden, ett enda exponeringstillfälle, låg uppmärksamhetsgrad hos vittnet, att den iakttagna personen har alldagligt utseende eller annan grupptillhörighet än vittnet och att vittnet är emotionellt uppjagat.

Mycket hänger också på minnet, som är en komplicerad mekanism. Man kan minnas rätt och man kan minnas fel. Man kan förändra sina minnesbilder över tid utan att vara medveten om det. Man kan tränga undan smärtsamma och traumatiska minnen. Man kan plötslig komma ihåg saker som man trodde var bortglömda. Och man kan börja tro att man har varit med om saker som faktiskt inte har hänt. Får man in ett vittnesmål efter lång tid är det viktigt att kontrollera hur minnesbilden har bevarats. Har vittnet skrivit ner det hon sett, har hon pratat med andra om det och går det att bekräfta att minnet fanns med från allra första början?

Vissa minnesframkallande knep kan ibland vara till nytta för att få fram information. Man kan till exempel be vittnet blunda och tänka sig tillbaka till en viss plats och beskriva den med syn-, känsel- och luktintryck. Men det är inte alltid det fungerar. Ibland, när vittnet har en tydlig minnesbild av ett ansikte, hjälper vi till med att skapa en fantombild. Men fantombilder är oftast inte att lita på. Om vittnet minns fel, eller inte kan beskriva anletsdragen på ett vettigt sätt, får vi en felaktig bild som, om vi går ut med den i media, kommer att leva kvar i minnet hos folk, och den bilden kan det vara svårt att ändra på senare.

## TOVE LINDBERG

Jag gick in genom entrén på Sergels torg. Klockan var unge-fär kvar i fem. I dörrarna mötte jag en kvinna som råkade stöta till mig när hon passerade. Jag kom lite från sidan, och hon hade huvan på kappan uppfälld, så jag tänkte att det var därför hon inte hade sett mig. Hon kom rusande inifrån bil-jetthallen, och först registrerade jag det nästan inte, men sen, när jag kom ner till spåret och fick veta vad som hade hänt, mindes jag henne och tänkte att hon kanske hade rusat ut för att hon hade bevittnat olyckan och var chockad. Jag fick en hastig skymt av hennes ansikte, men jag kan inte beskriva det och vet inte om jag skulle känna igen henne om jag fick se henne igen.

# FRIDA

Jag undrar hur vi ska komma vidare med det här. Att höra vittnena på nytt verkar inte ge några nya uppslag. Eller är jag för otålig? Ibland kan man ha nytta av en gärningsmannaprofil, men det är tveksamt om det skulle hjälpa i det här fallet, där tillvägagångssättet är så enkelt och där den döda kroppen inte kan ge några ledtrådar. För övrigt är det inte en seriemördare vi är ute efter här.

Gärningsmannaprofilgruppen består av poliser med lång erfarenhet från mordutredningar och av kriminaltekniker, beteendevetare, rättspsykiatriker och rättsläkare. Den tvärvetenskapliga kompetensen ger nya infallsvinklar och teorier som kan vara till nytta i utredningsarbetet. Man använder sig av en mängd olika metoder, bland annat av sannolikhetslära, beteendemönsteranalys och geografisk profilering. Målet är att presentera en hypotes om motivet och gärningsmannens egenskaper. Man hjälper också till med att leta efterkopplingar till andra brott med samma gärningsman.

En gärningsmannaprofil skapas utifrån kunskap om mordoffret, fyndplatsen och brottsplatsen och att man analyserar allt som kan visa på egenskaper hos gärningspersonen. Hur mordet skedde, hur offret behandlades före och efter döden, om det finns några tecken på sexuellt eller rituellt beteende, om man kan anta att gärningspersonen var bekant med offret, om det verkar vara ett planerat eller oplanerat mord. Det är ju frågor som man alltid ställer sig när ett mord har inträffat, men i det här fallet är det inte alla som är relevanta.

Jag har fått ett mejl från Tove Lindberg, vittnet som stötte ihop med en kvinna i tunnelbaneingången på Sergels torg.

Hon skriver:
"Hej!
Innan mötet med dig visste jag inte vad den döde mannen hette, men när jag kom hem fick jag för mig (nyfiken som jag är) att jag skulle kolla upp om han fanns på Facebook, och det gjorde han. Bland hans foton finns det ett gruppfoto som enligt kommentarerna är taget på hans arbetsplats, och en av kvinnorna på det fotot är väldigt lik kvinnan som råkade stöta till mig i entrédörren till tunnelbanan. Tänkte bara att jag skulle berätta det, om det kan vara till hjälp för er. Det är kvinnan som står trea från vänster i den främre raden jag menar.
Mvh Tove Lindberg"

Jag har kollat upp Widéns Facebookkonto. Jag tog för givet att det var avslutat, men det är det alltså inte. När jag fick fram det såg jag att det dessutom är helt öppet så att vem som helst kan ta del av allt som finns där. Det har naturligtvis granskats tidigare, men då gav det ingenting.

Det senaste inlägget handlar om hans död. En kollega på Swedbank skriver: "Vi har nåtts av det sorgliga beskedet att vår medarbetare Otto Widén hastigt har lämnat oss. Med sitt vänliga sätt, breda kunnande och stora engagemang har han varit en mycket uppskattad kollega och samarbetspartner som kommer att vara saknad av många." Inlägget under är från Marlene Andersson som jag har träffat och pratat med. "Fick idag veta att vännen Otto lämnat jordelivet. Var det den allsmäktige som avslutade hans liv eller en mänsklig fiende?".

Jag gick igenom hans foton och hittade gruppfotot från hans arbetsplats. Trean från vänster i den främre raden är hans kollega Ellen Haglund. Det kan vara en ren tillfällighet att hon är lik kvinnan i tunnelbaneentrén, och att det inte alls var henne vittnet Lindberg såg, men det kan också betyda att det faktisk var hon och att det var hon som knuffade ner Otto på spåret. Med tanke på att hon är bosatt i Bandhagen, och Otto bodde i Rågsved, kan man anta att båda åkte med gröna linjen till och från jobbet. Och var det så, är det mycket möjligt att båda då och då befann sig på samma perrong på T-centralen vid ungefär samma tidpunkt.

Juhlin sa till mig att ingenting på övervakningsfilmerna från tågstationen var till nytta för oss. Men vid den tidpunkten hade man ju ingen bestämd person att leta efter. Nu däremot, när det kan tänkas att Ellen Haglund befanns sig på stationen, var det värt ett nytt försök, tänkte jag. Jag kollade igenom filmerna, och hela händelsen med tågets häftiga inbromsning och uppståndelsen efteråt finns med. Själva perrongen är packad med folk, och många har munskydd på sig, så där går ingen specifik person att identifiera, men i rulltrappan upp till biljetthallen kan man se en kvinna i mörk kappa med huva. Hon har huvan uppfälld, och hon håller ansiktet nerböjt, så trots att hon saknar munskydd går det inte att avgöra om det är Ellen eller inte. Men tidpunkten stämmer, om det är då hon tar sig upp och ut efter knuffen. Jag måste alltså prata med Ellen Haglund igen.

Otto var inte särskilt aktiv på Facebook. Men ibland gav han sig in i diskussioner som han själv hade initierat. Hans kommentarer ger en viss uppfattning om hans åsikter och personlighet.

**Otto Widén**
Bra att vi nu måste visa vaccinbevis så att man slipper trängas med antivaxxare och andra foliehattar på

allmänna platser. De utgör en livsfara som vi måste skyddas mot.

**Anders Nordström**
Kontroll och diskriminering? Det är inget samhälle vi vill ha.

**Otto Widén**
Jag vill ha ett samhälle som är tryggt och där vi inte blir smittade av folk som inte tar sitt ansvar.

**Anders Nordström**
Ett samhälle i skräck är inte tryggt. Vaccin stoppar inte smittspridning.

**Therese Bergström**
Min sambo blev sjuk trots vaccin!

**Otto Widén**
Men tänk så sjuk han hade blivit om han INTE varit vaccinerad!

**Anders Nordström**
Även innan vaccinet kom blev majoriteten lindrigt sjuka av C-19. Så vad är skillnaden?

**Otto Widén**
C-19 är en dödlig sjukdom.

**Anders Nordström**
Visst. Men 99,97 % överlever.

**Otto Widén**
Det finns alltid en liten klick dumskallar som försöker

förstöra för alla som sköter sig. Foliehattarna borde ställas upp på rad och tvångsvaccineras.

## Maria Hahne

Detta är världens största massmord. Planen är att innan 2030 ha avlivat 95 % av mänskligheten med vaccinen. Men de flesta är så hjärntvättade av makthavarna och massmedia att de längtar efter att ta spruta 3, 4, 5, och 39 utan att någonsin ifrågasätta sanningshalten i nyhetsrapporteringen. Staten vill ju bara vårt bästa...

## Ulf Persson

Ni som är vaccinmotståndare uttrycker ofta att det sprids falsk information i media. Menar du på fullaste allvar att vi har en journalistkår i det här landet som är skrämd till tystnad och förhindrad att sprida samhällsviktig information? Du hör väl själv hur jävla dumt det låter! Jag arbetar själv som journalist. Jag har massor av kollegor inom branschen. Mina egna barn arbetar inom sjukvården, deras respektive likaså, och jag har inte hört en enda människa bli rejält dålig av vaccinen – än mindre dött. Jag kan inte annat än tycka synd om dig som tror på ditt eget trams. Det är smaklöst på alla sätt – för att inte säga vidrigt! Men, det är väl som det ofta är: Tomma burkar skramlar mest.

## Elin Ström

Myndigheterna kommer nog aldrig att vara nöjda med antalet sprutor. Dom kommer att kräva nya injektioner för att man ska få förnya sitt vaccinpass. Är det sprutnarkoman man måste bli nu för att få ta del av samhället? Ett samhälle där människor är beroende av sina injektioner för att få delta?

**Tobias Söderman**

Vaccintillverkarna tjänar 1000 dollar i sekunden på en produkt som inte fungerar.

**Anders Nordström**

Vaccinpass införs världen över trots att det inte stoppar smittan ett dugg. Införandet innebär ett indirekt tvång i syfte att få personer som inte vill vaccinera sig att kapitulera. Det kan inte anses som frivilligt när individer utestängs från delar av samhället om de inte går med på att offra sina grundlagsskyddade rättigheter.

**Otto Widén**

Bakåtsträvarna säger att vaccinet inte är testat än. Skitsnack! Hundratals miljoner människor har tagit det och ytterst få biverkningar har hittats. C-19 har dödat 5 miljoner människor och oräkneliga har varit svårt sjuka. Varför hatar antivaxxare kunskap och vetenskap?

**Tobias Söderman**

Så där puckad kan man väl inte vara av naturen, du är dubbelvaxxad va?

**Elin Ström**

Ja, nu när det har visat sig att även fullvaccinerade vårdas på IVA måste man ju fråga sig om sprutorna verkligen skyddar mot allvarlig sjukdom. Eller kan det vara så att människorna som ligger där istället har drabbats av mycket allvarliga biverkningar?

**Otto Widén**

Lägg av, för fan! Om några veckor kommer ni att rusa efter vaccin när ni märker hur sjuka även ni kommer bli!

**Anders Nordström**
Då har du inte förstått mycket av det hela. Det är ingen av oss som kommer att rusa efter vaccin. Vi är lite för medvetna och upplysta för det.

**Otto Widén**
Vaccin skyddar mot allvarlig sjukdom. Ni är helt ute och cyklar och blir såna jävla foliehattar.

**Karin Nilsson**
Min vän dog av vaccinet. Dubbelvaxxad och tvärdöd.

**Otto Widén**
Det är rent ut sagt för jävligt hur ni håller på! Ni får gärna tro på era 5G-konspirationsteorier, D-vitamin-mumbo-jumbo och att jorden är platt, men kom inte och säg att jag ska öppna ögonen och leta efter svar som finns där ute för alla att se. Det är ni som måste öppna ögonen och se hur fel ni har!

**Tobias Söderman**
Ja, fortsätt att blunda och ta sprutorna du Otto. Allt gott till dig!

**Otto Widén**
I bästa fall bidrar ni ovaxxade till en snabb evolution där en del okunniga och självcentrerade människor inte får en chans att föra sina gener vidare.

**Tobias Söderman**
... säger den vars argument faller lika platt som han menar att vi foliehattar tror att jorden är.

# FÖRHÖR

FL: Ja, då börjar vi förhöret. Klockan är 12.42 och vi befinner oss i Ellen Haglunds bostad. Vi tar upp förhöret på band. Som jag sa till dig tidigare, så har jag några kompletterande frågor att ställa till dig angående Ottos död.

EH: Ja.

FL: Åkte du och Otto samma tunnelbanelinje till och från jobbet?

EH: Det vet jag inte.

FL: Du såg honom aldrig på perrongen på T-centralen eller på tåget när du var på väg hem?

EH: Nej, det är alltid så mycket folk i rusningstid.

FL: Mm. Hände det att ni gick från jobbet vid ungefär samma tid då, efter arbetsdagens slut?

EH: Ibland kanske. Men såg jag honom så undvek jag honom.

FL: Ni gjorde aldrig sällskap till tunnelbanan?

EH: Nej, aldrig.

FL: Och att du undvek honom och inte ville ha sällskap med honom berodde på att du inte tyckte om honom?

EH: Ja, vi hade inget att prata om.

FL: Minns du dagen när han föll framför tåget?

EH: Hur då menar du?

FL: Om du, när du fick veta att det hade hänt, tänkte tillbaka på hur det hade varit den dagen? Om du hade träffat honom på jobbet och hur han hade verkat vara då, och vad du själv hade gjort, och så vidare?

EH: Nej, det enda jag minns är att vi pratade om det dagen därpå, när vi fick veta att det.

FL: Hur reagerade du på beskedet?

EH: Jag tyckte att det var hemskt. Men jag tog det inte personligt. Jag brydde mig ju inte om honom på det sättet.

FL: Nej. Vad minns du av dagen innan då? Var alla på plats som vanligt?

EH: Det kommer jag inte ihåg.

FL: Träffade du Otto?

EH: Nej, det tror jag inte. Inte så att jag pratade med honom i alla fall. Det var inte så ofta jag gjorde det.

FL: Hände det nåt särskilt under dagen som kunde ha med

hans död att göra, som du har tänkt på efteråt?

EH: Nej, jag vet inte.

FL: Minns du vid vilken tid du slutade den dagen?

EH: Vid den vanliga tiden, antar jag. Vid halv fem-tiden.

FL: Var Otto kvar när du gick?

EH: Det vet jag inte.

FL: Och du såg inte till honom ute, när du gick mot tunnel-banan?

EH: Nej, jag...

FL: Vid ungefär vilken tid var du framme vid stationen? Hur lång tid tar det att gå från ditt jobb och dit?

EH: Kanske tio minuter.

FL: Då bör du ha varit där senast 16.40?

EH: Ja, om jag går direkt, så är jag framme då. Men jag var inte där den dagen, för jag tog en promenad efter jobbet. Sen tog jag bussen hem.

FL: Du var inte där? Okej, då förstår jag varför du missade det som hände. Det inträffade nämligen mellan halv fem och fem, och sen var det rörigt där ett bra tag efteråt.

EH: Ja, jag visste ingenting om det.

FL: Det fick du inte veta förrän dagen därpå när du kom till jobbet.

EH: Precis.

FL: Ja, då är det så här, Ellen, att du snart kommer att bli kallad till en vittneskonfrontation. Jag hoppas det går bra?

EH: Men varför då?

FL: Vi har ett vittne som tror sig ha sett dig på stationen vid tidpunkten för Ottos död.

EH: Men jag var ju inte där.

FL: Nej, och därför är det bra att få bekräftat att det inte var dig hon såg.

EH: Men jag förstår inte. Är jag misstänkt?

FL: Nej, det är bara för att utesluta att det var dig hon såg. Och har du bevis på att du inte var där så är det bra.

EH: Men hur ska jag kunna ha bevis?

FL: Om du till exempel träffade nån bekant under promenaden som kan intyga var du var eller liknande.

EH: Men jag träffade ingen.

FL: Hade du din mobiltelefon med dig?

EH: Nej, det tror jag inte.

FL: Brukar du inte alltid ha det?

EH: Nej, för det mesta har jag den liggande på jobbet. Jag har en fast telefon också, så jag tar bara hem mobilen när jag är ledig.

FL: Vad är tanken med det?

EH: Att jag inte ska ägna så mycket tid åt den på kvällarna. Jag försöker vänja mig av med det.

FL: Det låter klokt.

EH: Ja, när min man var sjuk höll jag på med den hela tiden och letade efter information, och till slut blev det bara för mycket.

FL: Okej. Ja, då får vi hoppas på vittnet helt enkelt, att hon inte pekar ut dig.

# FRIDA

Förhöret med Ellen Haglund blev ingen höjdare. Jag är inte alls nöjd med hur jag genomförde det. Varför var jag så ofokuserad? Det är ju viktigt att man bara använder sig av öppna och neutrala frågor i ett förhör. Och två frågor i rad ska man undvika, eftersom man då oftast bara får svar på den sista. Men jag ställde både uppradade och ledande frågor, avbröt henne, tog saker och ting för givna och formulerade en del av svaren åt henne. Jag får lov att skärpa mig till nästa gång. Men jag kände på mig att hon ljög, och jag hade lite svårt att avstå från att konfrontera henne med det.

Vad är det att ljuga?

Att avsiktligt undanhålla information.

Att ge information som man vet inte stämmer med verkligheten.

Att undanhålla vissa delar av informationen så att den blir missvisande och vilseledande.

Det får mig att tänka på Socialstyrelsens vilseledande påstående att Sverige hade överdödlighet 2020 på grund av covid-19. Enligt SCB:s statistik hade vi ingen procentuell överdödlighet det året, men påståendet står fortfarande kvar på Socialstyrelsens hemsida. Jag funderar på att skicka ett mejl och fråga vad syftet med deras lögn är.

Syftet med lögner i största allmänhet är att upprätthålla sin självbild och status, att bevara "husfriden", att inte såra, att undgå konsekvenserna av sina handlingar och att slippa erkänna begångna missbedömningar och fel.

# FACEBOOK

**Jennifer Andersson**
När ska myndigheterna sluta ljuga och erkänna sina misstag? Jag förstår att det sitter långt inne, för har man en gång börjat klassa viruset som ett så allvarligt hot att det motiverar massvaccinering, masstestning, frihetsinskränkningar och påfyllnadsdoser, blir det svårt att erkänna felbedömningen och ta på sig ansvaret för pandemihanteringens negativa konsekvenser. Då är det betydligt lättare att upprätthålla bilden av viruset som ett ständigt närvarande och dödligt hot och utan självrannsakan fortsätta på den inslagna vägen.

**Michelle Johnson**
Oh herregud, ni skulle bara höra propagandan här i USA om hur dödligt farlig denna "nya variant" är och hur viktigt det är att boosta sig med vax! Det är helt sinnessjukt, och folk lapar i sig alltihop som honungsvatten... Världen är sjuk!

**Marianne Larsson**
Jag tycker inte att man ska håna andra. Men jag läste i en tråd att vi som tagit vaccinet kommer att dö om några år. Så det går åt båda håll.

**Lizzie Lundmark**
Men det är ju sant? Det är ju inget som någon har hittat på. Det finns många läkare och forskare som säger samma sak, att sprutorna är giftiga. Och det säger jag inte för att vara elak, utan för att få er att inte ta fler sprutor så att ni håller er friska. För du tror väl inte att jag önskar livet ur mina föräldrar eller min syster?! Vi försöker rädda era liv! Men jag ger snart upp.

**Camilla Ståhlberg**
Man kommer att börja sälja in att det är nya mutationer som orsakar blodproppar, hjärtskador och dödsfall. Eftersom man inte har gått ut offentligt i media med att det kan bero på vaccinet, så kommer folk att tro på det.

**Mats Svedjeholm**
I en samhällskris, verklig eller inbillad, måste en regering agera, även om den inte vet på vilket sätt. För att upprätthålla skenet av styrka och handlingskraft och inte förlora folkets förtroende, är det bättre att göra något meningslöst eller till och med skadligt än att inte göra något alls. Makthavarna världen över vill gärna påstå att det är tack vare deras kraftfulla agerande och kloka åtgärder som skadorna har begränsats och pandemin till slut kommer att upphöra.

**Karin Blomgren**
Vaccin skyddar. Den som inte har vaccinerat sig borde snarast ställa sig i kö och se till att ta sina sprutor. Allt annat är osolidariskt.

**Sanna Olberg**
På vilket sätt är det osolidariskt?

**Marika Strandberg**
Jag vet vad vaccinmotståndarna påstår, men jag föredrar att lita på de som har kunskap i frågan. Jag tror att Karin Tegmark Wisell har betydligt större kunskap om detta än vad gemene man har.

**Elisabeth Fors**
Nu är tredje sprutan tagen! Mycket nöjd med dagen!

**Kevin Adolfsson**
Welcome to the three-jab-club!

**Ingrid Granlund**
Hoppas du inte blir lika sänkt som jag blev efter min trea!

**Elisabeth Fors**
Räknar lite med det, vis av erfarenheten från ettan och tvåan!

**Malin Josefsson**
Men kära nån, varför GÖR ni det? Man blir ju gråtfärdig av förfäran!

**Sally Persson**
Jag är också en 3-dosare nu. Så glad för det!

**Margareta Södergren**
Trodde aldrig att jag skulle längta så mycket efter en spruta som jag har längtat efter den här.

**Mirja Mäki**
Jag blev också "besprutad" idag.

**Lennart Lind**
Ja, nu är den tredje sprutan i kroppen. Härligt! Det kändes inte ett dugg och jag är skyddad mot det mesta. Nytt covid-bevis kan laddas om en vecka. Och sedan kan jag göra vad jag vill igen.

**Tomas Bergman**
Du är inte skyddad mot smitta. Du är inte skyddad mot sjukdom. Du är inte skyddad mot biverkningar. Du är inte

skyddad mot död. Så vad är du skyddad mot?

**Britt-Marie Folkesson**
Jag jobbar som specialistsjuksköterska i ambulans och som läget är just nu så fyller vi akuten med personer som har allvarliga biverkningar av covidvaccinet såsom märkliga hjärtproblem, yrsel, domningar och alla vanliga förväntade biverkningar som hög feber och sjukdomskänsla. Vi kör i stort sett inga covidpatienter, bara nån enstaka dubbel- eller trippelvaccinerad som är svårt sjuk i covid. Jag önskar att alla vaccinförespråkare ville åka ut med oss några pass för att se hur verkligheten ser ut. Från mig till alla er som kämpar och vill se båda sidorna av myntet och respekterar varje individs rätt till ett eget val!

**Jennifer Andersson**
FHM: "Vaccinets mycket goda effekt mot svår sjukdom gör det viktigt att alla som rekommenderas att vaccinera sig mot Covid-19 gör det, och att de som erbjuds påfyllnadsdos tar denna."
Eller hur ska vi ha det?
FHM: "Alla vacciner mot Covid-19 är effektiva och ger ett gott skydd mot sjukdomen. Allra bäst skyddar vaccinerna mot allvarlig sjukdom. Däremot skyddar inget vaccin till hundra procent – inte heller mot svår sjukdom. Det är därför förväntat att en del individer kommer att bli smittade trots att de är vaccinerade."
Hm, hur var det nu igen?
Vaccinet har mycket god effekt mot svår sjukdom – men skyddar inte mot svår sjukdom?

**Jerry Selander**
Pappskallar hela jävla bunten.

# FRIDA

Vi har kallat Tove Lindberg till en vittneskonfrontation. Den kommer att genomföras på sedvanligt sätt med figuranterna uppställda på rad i ett rum med envägsspegel. Det blir sju kvinnor förutom Ellen Haglund, och var och en kommer att hålla upp en sifferskylt framför sig. Ingen i gruppen får avvika för mycket från övriga figuranter men inga får heller vara maximalt lika. Egentligen ska inte figuranterna visas samtidigt utan var och en för sig för att undvika att vittnet gör direkta jämförelser, men vi kommer att gå till väga som vi brukar. Polismannen som leder konfrontationen får inte ha deltagit i förundersökningen tidigare och bör helst inte veta vem den misstänkta är, så det kommer inte att bli jag utan en kollega som leder den.

## VITTNESKONFRONTATION

FL: Så här går det till. Du får se åtta kvinnor som är ganska lika till utseendet. Dom kommer att stå på rad och hålla upp varsin skylt med en siffra på. Var och en kommer att ta ett steg framåt, vrida sig åt höger och ta ett steg tillbaka. Om du sen, när du har tittat på alla åtta, kan säga att en av kvinnorna är den du stötte ihop med i entrén till tunnelbanestationen på Sergels torg den aktuella dagen och tiden, ska du säga siffran hon har. Om du är osäker så säger du det, och om kvinnan du såg inte finns med här alls, så säger du det. Förstår du?

TL: Ja.

FL: Ta god tid på dig och titta noga på var och en.

TL: Ja, men jag...

FL: Var och en kommer att ta ett steg framåt, vrida på sig och ta ett steg tillbaka.

TL: Ja, men det behövs inte. Det är nummer fem. Det var henne jag såg.

FL: Nummer fem. Vad är det du känner igen hos nummer fem?

TL: Mest ansiktet, men kroppen också.

FL: Du känner igen både detaljer och helhet.

TL: Ja.

FL: Hur säker är du på att nummer fem är kvinnan du såg?

TL: Helt säker.

FL: Och om du skulle uttrycka det i procent?

TL: Då är det hundra procent. Jag trodde inte att hennes an-
sikte hade fastnat i mitt minne, eftersom jag såg det så kort
stund, men nu när jag ser det igen så vet jag. Det är hon.
Nummer fem. Det är ju hon som är på fotot också.

FL: Och det är inte bara från fotot du känner igen henne nu?

TL: Nej, nej. Fotot var ganska suddigt, så där syntes hon inte
så bra. Jag tyckte bara att hon var lik. Det är från tunnelbanan
jag känner igen henne och inget annat.

FL: Okej. Då får vi tacka dig så mycket för hjälpen.

# FRIDA

Jag har lyssnat på ljudbandsupptagningen av konfrontations-
förhöret och läst anteckningen som min kollega som ledde
förhöret gjorde efteråt. Så här skriver han: "Ellen Haglund
var en för Tove Lindberg okänd person, som hon iakttog på
nära håll endast ett kort ögonblick. Ellen Haglunds utseende
saknar dessutom utpräglade kännemärken. Trots detta gjor-
de Tove Lindberg ett mycket trovärdigt intryck vid vittnes-
konfrontationen när hon pekade ut Ellen Haglund. Hon re-
agerade känslomässigt när hon fick syn på Ellen Haglund
bland figuranterna och utpekade därefter Ellen Haglund som
varande den kvinna hon stötte ihop med i entrén till T-cen-
tralen på Sergels torg den 19 oktober 2021 då klockan var
cirka 16.45. Hon uttryckte ingen som helst tvekan och sade
sig vara hundraprocentigt säker på sin sak. Slutsatsen blir att
nämnda omständigheter med stor sannolikhet talar för att
Tove Lindbergs utpekande är riktigt."

Och på nätet läser jag: "En kvinna i 45-årsåldern har anhål-
lits som skäligen misstänkt för mord alternativ dråp på en 52-
årig man. Mannen blev i oktober förra året nedknuffad på
spåret framför ett inkommande tunnelbanetåg och avled. Nu
utreds omständigheterna kring hans död med kvinnan som
huvudmisstänkt. Den här personen kan inte förklara vad som
hänt på tågstationen, säger vice chefsåklagare Conrad Fjäll-
ström. Kvinnan greps och anhölls i onsdags efter ett tips från
allmänheten. Omständigheterna kring vad som hänt på tåg-
stationen före dödsfallet är oklara. Utredningen fortsätter nu
med förhör, tekniska analyser och övriga åtgärder."

# FÖRHÖR

Förhörsledare Torsten Agnell håller förhör med Ellen Haglund gällande misstanke om mord. Förhörsledarens frågor markeras med kursiv stil.

Ellen Haglund informeras om FUK 12 § och 12 c § enligt följande.

*Detta är ett misstankeförhör. Du har rätt att anlita biträde av försvarare, och under vissa förutsättningar har du rätt att få en offentlig försvarare förordnad. Staten betalar kostnaden för en offentlig försvarare, men om du döms för ett brott kan du bli skyldig att betala tillbaka hela eller delar av kostnaden. Du har rätt att få information om förändringar av misstanken och att ta del av utredningsmaterial i den mån det är möjligt. Du har rätt att vid behov biträdas av tolk och få handlingar översatta som är väsentliga för att kunna ta till vara din rätt. Du har rätt att inte behöva yttra dig över misstanken och inte heller i övrigt medverka till utredningen av din egen skuld. Du har möjlighet till strafflindring om du lämnar uppgifter som är av väsentlig betydelse för utredningen av brottet. Förstår du dina rättigheter?*

Ja.

*Godtar du den försvarare rätten förordnar?*

Ja.

*Du delges följande misstanke: Du är misstänkt för mord alternativ dråp genom att du har berövat Otto Widén livet genom att knuffa ner honom på tågspåret framför ett ankommande tunnelbanetåg. Brottet ägde rum på T-centralens tunnelbanestation tisdagen den 19 oktober 2021 klockan 16.44. Förstår du misstanken?*

Ja.

*Vad är din inställning till brottet?*

Ingen.

# FRIDA

Är man misstänkt för ett brott har man alltid rätt att ha ett ombud med sig under förhöret. I praktiken finns det en tendens att polis och åklagare väljer att hålla förhör med misstänkta utan ombud. Men det är viktigt att den misstänkte ges möjlighet att tillvarata sina rättigheter. Ett ombud har naturligtvis inte för avsikt att förstöra utredningen utan är där för att se till så att förhöret hålls på ett korrekt sätt och att inga otillåtna påtryckningsmedel används.

Åklagaren leder förundersökningen från det att en viss person är skäligen misstänkt och vidare framåt. Som förundersökningsledare är åklagaren ansvarig för att brottet utreds på bästa möjliga sätt. Utredningen genomförs av polisen men åklagaren följer utredningen fortlöpande, ger direktiv och tar hela tiden ställning till vilka utredningsåtgärder och beslut som krävs. När det gäller grov och komplicerad brottslighet deltar en åklagare ofta direkt i utredningen, som till exempel vid rekonstruktioner eller vid särskilt viktiga förhör, men vid enklare och mindre allvarliga brott genomför polisen för det mesta förundersökningen utan åklagarens personliga närvaro och deltagande.

På en fest en gång träffade jag en kille som jobbade som åklagare. I sitt upprymda tillstånd gav han mig en liten inblick i sitt arbete på det personliga planet. Annars vet jag inte så mycket om hur åklagare tycker och tänker om sin yrkesutövning.

*– En sak som jag aldrig gör mer, det är att vara med på förhör. Jag har kollegor som håller förhören själva under polisutredningarna, men det skulle aldrig falla mig in. Det blir bara skit. Det är inte*

min grej. Jag är inte bra på det. Jag är bra på att göra det i rätten, där jag har tillgång till allting, men inte under utredningen. Jag var med på ett förhör en gång där den häktade killen fick en fråga som väckte hans ilska. Precis när han skulle svara på frågan, såg man hur det blixtrade till i hans ögon. Jag var ju inte van vid att sitta instängd i ett litet rum med en människa som när som helst kunde explodera, så jag tänkte: Nu jävlar smäller det! Men han lyckades lägga band på sig som tur var. Och sen när jag läste förhörsutskriften så fanns ju inte den biten med. Så då insåg jag att det händer mycket i förhörsrummen som jag aldrig får reda på. För vad skulle utredaren ha skrivit? "Rogers ögon blixtrade?" Jag tycker att det är bättre att jag får den sortens information muntligen. För min del blev ju mitt fokus under det där förhöret helt fel på grund av det jag såg. Polisen som höll i det var en gammal räv som var van vid situationen, och han var helt oberörd, medan jag reagerade känslomässigt och tappade koncentrationen. Så då bestämde jag en gång för alla att inte vara med vid några förhör.

# FACEBOOK

**Yngve Johansson**
Vad ska man tro om PCR-testerna? Kan man lita på dom eller inte?

**Camilla Stålberg**
PCR-testet och liknande tester kan inte se skillnad på hund och katt – och det innebär att minst 8 000–14 000 konstaterade fall av Covid-19 mellan oktober 2020 och mars 2021 i själva verket var en vanlig influensa. Bara i Sverige.

**Kajsa Bishop**
PCR-tester kan inte påvisa smitta eller sjukdom. Mycket snabbt såg forskare och läkare att spridningen var stor och snabb men dödsfallen få. Lika snabbt såg läkemedelsindustrin möjligheten att tjäna extremt stora pengar.

**Nina Söderblom**
De har använt ett test som inte kan hitta smitta eller sjukdom, och de har skrämt upp världen genom ändrad kodning, lek med statistik och misskreditering av alla experter som hade annan information.

**Kalle Rosén**
Skitsnack!

**Anders Blomqvist**
Vi som inte följer strömmen vill ha källa på allt, och det har vi. Problemet är inte att fakta och bevis saknas. Problemet är att läskunnigheten sjunker drastiskt hos folk när dessa källor redovisas.

**Jerry Selander**
Märkligt när folk som inte sagt flasklock på flera år plötsligt poppar upp och har "fått nog" av det jag postar på min wall och tar bort mig som vän och till och med blockerar mig. Det är som att stiga in i ett dårhus och en zombieapokalyps samtidigt. Vad har det tagit åt folk? Vad var det i de där sprutorna egentligen – lobotomi-vätska?

**Jocke Bengtsson**
Dom är inte lika levande längre, inte riktigt närvarande liksom. Helt blanka i ansiktet när man snackar med dom. Dom känns inte mänskliga längre. Tomma och omöjliga att få kontakt med. Som urblåsta känslolösa robotar.

# FRIDA

Varje arbetsdag inleds med ett gemensamt morgonmöte för att hålla gruppen uppdaterad om vad som har hänt sen sist, så att varje utredare ska få en aktuell helhetsbild av läget. Det har hållits förhör med Ellen Haglund, men hittills har hon valt att inte svara på våra frågor. Hon är häktad som skäligen misstänkt, men vi har inte lång tid på oss att få fram bevis mot henne innan häktningsbeslutet måste prövas på nytt.

I Sverige finns det ingen nationell förhörsstrategi för polisen att följa. Det är i stort sett upp till varje enskild förhörsledare att utifrån sina egna, personliga kunskaper och erfarenheter bestämma hur förhöret ska gå till.

Men vissa regler finns det. Inledningsvis måste jag till exempel enligt lag delge den misstänkte misstanke om brott och upplysa om vissa grundläggande rättigheter, som rätten att tiga, rätten till försvarare och rätten att ta del av viss information. Men för övrigt har jag stor frihet när det gäller hur jag vill lägga upp det hela.

Under förhöret går jag in för att vara lugn och avspänd och använda vanligt neutralt vardagsspråk. Jag försöker göra frågorna så konkreta, positivt formulerade och entydiga som möjligt. Det var det jag misslyckades med när jag träffade Ellen i hennes bostad. Men nu har det i alla fall visat sig att jag hade rätt när jag misstänkte att hon ljög.

Om man misstänker att en person ljuger är det ofta taktiskt riktigt att först låtsas tro på lögnen och bara ställa frågor som gör att man försäkrar sig om att man har uppfattat saken rätt. Sen kan man presentera den bevisning man har som motsäger lögnen och be om en förklaring. Om den misstänkte då kan lämna en alternativ förklaring som är rimligt trovärdig och som är kompatibel med annan bevisning får man släppa det.

En traumatisk händelse bevaras i minnet ungefär som en film, och därför kan man på anmodan snabbt återkalla och redogöra för olika delar av ett händelseförlopp. För den som har fabricerat sin berättelse är det däremot svårt att hitta rätt i skeendet utan ansträngning. Tvivlar jag på en redogörelse kan jag be om en beskrivning av vädret, omgivningarna eller andra detaljer på platsen. Den som ljuger kommer då med stor sannolikhet att hävda minnesförlust för att klara sig ut ur knipan.

Under ett förhör försöker jag aldrig hävda mitt överläge genom olika sorters maktdemonstrationer. Jag använder aldrig den misstänktes förnamn på ett hotfullt eller nedlåtande sätt för att såra honom eller ge honom underlägsenhetskänslor. Jag försätter aldrig mig själv i psykologiskt underläge genom att tappa humöret eller gå i svaromål när jag blir provocerad. Hur avogt inställd till den misstänkte jag än är, försöker jag alltid skapa ett förtroendefullt utgångsläge genom att bemöta honom med vänlighet och respekt. Under förhöret är mitt enda mål att få den misstänkte att öppna sig och erkänna. Därför försöker jag alltid undvika onödiga konflikter som kan få honom att sluta sig. Men jag iakttar honom noga och försöker tolka hans reaktioner. Är han vresig, stöddig, defensiv, motsträvig, vaksam, ängslig, nervös? Ger han förbisvar eller nollsvar, går han till motangrepp, leder han in samtalet på ovidkommande detaljer, misstolkar han medvetet mina frågor, fokuserar han på icke väsentliga punkter, kommer han med motfrågor eller avledande kommentarer, ger han väldigt kortfattade svar, tvekar han ofta innan han svarar?

Kroppsspråket avslöjar också mycket. Är hans kroppshållning stel och defensiv eller överdrivet avslappnad och utmanande, korsar han armarna över bröstet en stor del av tiden, undviker han min blick, ändrar han röstläge ibland, förändras hans andning då och då, rycker det i hans ansiktsmuskler, blinkar han oftare än normalt, flackar han med blicken, byter han ofta sittställning, ger han ifrån sig nervösa suckar, harklingar, hostningar eller omotiverade skratt, hoppar ett ben, berör han ofta sig själv genom att till exempel klia sig, stryka sig över hakan, skägget eller håret, nypa sig i en örsnibb eller i näsan? Jag inbillar mig att jag är ganska bra på att detektera lögner, men man kan inte dra alltför säkra slutsatser av hur en person beter sig i en förhörssituation. Det man har lärt sig kan vara tecken på lögn behöver inte alls vara det, för det kan lika gärna vara uttryck för en rent allmän olust och nervositet.

Ibland under en utredning händer det att man får tunnelseende och stirrar sig blind på en enda lösning. Man ser bara det som stämmer med ens misstankar och blundar för uppgifter som talar emot. Det är ett mänskligt beteende som gäller i alla sammanhang. Vi letar fram den info som stödjer det vi tror på och lämnar resten därhän. Dessutom drivs utredare ofta av en stark önskan att se ett fall lösas, och har man då en övertygelse når man målet fortare genom att titta på omständigheter som tycks visa att man är inne på rätt spår än att granska fakta som tyder på motsatsen.

Man får upp ett spår, hittar en misstänkt, bevisen tycks styrka misstanken, och därifrån fortsätter man åt samma håll tills det slår stopp och man inte kommer vidare. En bra polis är då öppen för ny info även om han har lagt ner massor av tid och arbete i en viss riktning. En utredare måste vara flexibel, för det är inte ovanligt att man tvingas göra en helom-

vändning mitt i en utredning och i stort sett måste börja om
från noll.

– *Vet du, Frida?*
  – *Nej?*
  – *Jag tycker att det är supercoolt att du är polis och jobbar med
att lösa mordfall. Det tycker mina kompisar också.*
  – *Okej.*
  – *Så nu känner jag två poliser. Dig och Jesper.*
  – *Mm.*

Jesper.
  Jesper som jag hade hört talas om redan innan Mats berät-
tade vem han var.
  Jesper som var känd för att ha utmärkt sig i tjänsten.
  Jesper som hade klarat det jag också borde ha klarat av.
  Jesper som jag inte ville träffa och tvingas utbyta erfaren-
heter med.
  Jesper som tjänstgjorde som privatspanare åt Mats under
fängelsetiden.
  Jesper som höll koll på Maja för att hjälpa sin frihetsberö-
vade bror.
  Jag träffade honom till slut, och min oro visade sig vara
helt obefogad.

– *Hur väl kände du Sandra och Maja?*
  – *Bara ytligt.*
  – *Vad berodde det på?*
  – *Det var Sandra som ville ha det så. Jag var i stort sett portför-
bjuden i deras hem.*
  – *Varför?*

– Jag tror att hon ville ha Matte och Maja för sig själv och upplevde mig som ett hot.

– Ett hot mot vad?

– Jag vet inte riktigt.

– Och det gick Mats med på?

– Ja, för husfridens skull. Han har alltid varit en försiktig general.

– Hur blev det efter Sandras död då?

– Då fortsatte det med Siw som portvakt istället.

– Fick du inte träffa Maja?

– Nej, som bror till kvinnomördaren och modermördaren och dottermördaren hade jag inte en chans.

# FRIDA

Jag har pratat med Ellen Haglunds pappa. Han var en stor-vuxen man med fårad panna, buskiga ögonbryn och stripigt grått hår. Nederdelen av hans ansikte såg jag inte, eftersom han hade ett kraftigt munskydd på sig hela tiden under mitt besök. Jag tyckte att han verkade lite uppskruvad, men det inbillade jag mig kanske bara.

Hans fru var inte hemma, och jag fick en känsla av att det medvetet var ordnat så att jag inte skulle få tillfälle att träffa henne. Det gjorde mig lite misstänksam. Vad var det han inte ville att jag skulle få se eller höra? För min inre syn såg jag en kuvad och blåslagen kvinna som hade blivit beordrad att hålla sig undan för att polisen skulle komma och hälsa på. Jag trodde inte riktigt på det, men efteråt fick det mig att tänka på Sören och mindes hur han slog Fabian och mig när vi var små. Slog han mamma också fast jag aldrig såg det? tänkte jag. Nej, det skulle hon inte ha tillåtit. Och det han gjorde mot Fabian och mig valde hon att bagatellisera. När jag berättade det för henne, trodde hon ofta att jag ljög för att få bort honom. Hon såg aldrig när det hände, för han gjorde det bara när han var ensam med oss och aldrig när han var nykter. Och för det mesta stannade det vid verbala hot. Hade man väl lärt sig tyda tecknen som föregick ett utbrott var det inte så svårt att hålla sig undan heller. Inte för mig i alla fall som aldrig hade accepterat honom och inte var rädd för honom. Jag visste att han inte hade rätt att göra det han gjorde. Det var värre för Fabian som var mycket yngre och inte kunde förstå varför hans pappa blev så arg och våldsam ibland. Men han lärde sig han också till slut.

– *Nu erkänner du vad du har gjort, unge!*
   – *Det var inte jag!*
   – *Ljug inte, för då jävlar…!*
   – *Jag ljuger inte! Det var Frida!*

Nej, nu är ni väl ändå ute och cyklar! Ellen skulle aldrig göra en sån sak. Vi vet att hon har haft det jobbigt på sistone, men aldrig att hon skulle... Men jag ska kanske inte uttala mig, för vi har inte haft så bra kontakt och inte umgåtts så mycket nu under pandemin. Hon tog liksom avstånd från oss när vi började förbereda oss på eventuella samhällskatastrofer. Hon tyckte att vi överdrev och var smått fanatiska. Men så är det inte. Och hon fick ju se sen, när pandemin kom, att vi hade rätt och att det är befogat att vara förberedd. Men det erkännandet har hon inte gett oss, och det känns lite bittert.

Det är staten som har ansvar för att invånarna ska ha tillgång till mat, vatten och information i en krissituation, men samhället kan inte ta ansvar för varje enskild medborgare dygnet runt. Det finns inte resurser nog att ta hand om alla invånare samtidigt om en katastrof skulle inträffa. Friska och starka får klara sig själva, åtminstone till en början, eftersom den hjälp som finns att få behövs för att i första hand hjälpa barn, gamla och sjuka.

Jag anser att varje människa har ansvar för sitt eget liv och sin egen hälsa. Man har en skyldighet att se om sitt eget hus och ta hand om sin familj, men också att försöka dra sitt strå till stacken för det allmännas bästa. Man kan till exempel lära sig grundläggande sjukvård för att kunna hjälpa både sina närstående och andra i en nödsituation.

Många preppare har en ganska liten tilltro till samhället som har skrotat försvaret så att vi står i stort sett utan beredskap inför krigshändelser. Därför går vi in för att vara så oberoende som möjligt genom att förbereda oss på det värsta. Det kan vara krig, terrorhändelser, pandemier, stormar, översvämningar, skogsbränder, störningar i transportsystemet eller totala elavbrott. Det krävs faktiskt inte särskilt mycket för att hela elnätet ska slås ut. Det går att göra på distans och är mycket enklare än många tror.

På landet har vi bunkrat upp med det mest nödvändiga som till exempel konserver, torrvaror, toalettpapper, filtar, tjocka kläder, skor, tändstickor, stearinljus, spritkök, ficklampor, batterier, radioapparater och till och med en liten påse guld. Vi har både en djupborrad och en grävd brunn med handpump och vi odlar grönsaker och samlar ved så att vi kan laga mat och hålla oss varma även om elen försvinner. Det vi gör handlar inte om rädsla som många tror, utan om ett realistiskt förutseende och en handlingskraftig beredskap. Vi är förberedda och inställda på att klara oss själva så långt det går i en krissituation. Du minns väl i början av pandemin, när alla stod helt handfallna och folk länsade butikerna på toalettpapper, som tydligen ansågs vara det viktigaste att ha tillgång till om det skulle bli tal om en långvarig isolering? Ja, ja...

För att återgå till Ellen så känns det lite bittert att hon inte förstår vår inställning. Visst, det finnas många preppare därute som rör sig i extrema kretsar och kanske rent av beväpnar sig, men såna är ju inte vi. Det är möjligt att hon har fått för sig annat också, men det vet jag i så fall inte vad det kan vara. Hon har alltid varit lite inåtvänd och förtegen, så det är inte lätt att veta alla gånger vad som rör sig i huvudet på henne. Vi har inte träffats under pandemin, för jag och min fru måste ju vara extra försiktiga eftersom vi är gamla och tillhör en riskgrupp. Och Ellen och Sara har efter vad vi förstår inte vaccinerat sig. Marianne och jag är dubbelvaccinerade båda två, men man kan ju bli sjuk ändå, om än inte så allvarligt, och det är ju trots allt dom ovaccinerade som blir mest sjuka och sprider smittan vidare och ger utrymme för nya mutationer. Särskilt med tanke på att Sara jobbar i en miljö där hon dagligen utsätts för smitta, har vi varit försiktiga. Men vi har haft telefonkontakt hela tiden, ända tills Erik blev sjuk.

*– Frida?*

   *– Mm?*

   *– Tror du att jorden kommer att gå under?*

   *– Nej, det tror jag inte. Den klarar sig alltid.*

   *– Tror du att alla människor och djur kommer att dö då, för att det inte går att leva på jorden längre?*

   *– Nej, inte alla. En del kanske, men inte alla. Är du rädd för det?*

   *– Inte rädd. Men jag tänker rätt mycket på det och undrar hur det ska gå.*

# FRIDA

Ellen fortsätter att tiga. Vi har hittills inlett fyra förhör med henne, och vid alla fyra har hon besvarat samtliga frågor med "ingen kommentar" eller total tystnad. Vi har ställt frågor till henne om allt som har framkommit i utredningen, men hon har inte svarat. Vid alla förhör har hon haft sin advokat med sig, bortsett från det allra första när hon delgavs misstanke.

Och det är inte mycket i bevisväg vi har. Om det hade funnits DNA-spår skulle vi ha befunnit oss i ett betydligt bättre läge. Men Ottos skinnjacka, som kunde ha haft spår av Ellens handflator på ryggsidan, var helt söndertrasad och gick inte att få ut några prover av. Annars krävs det mycket mindre material nu än tidigare för att en DNA-profil ska kunna framställas utifrån brottsplatsspår. Det går också snabbare och är mycket billigare än förr att ta fram en DNA-profil. Och nästan alla poliser har utbildning i att ta ett salivprov i munhålan. Salivprov får tas på alla som är skäligen misstänkta för brott som kan ge fängelse, även om det inte är nödvändigt för utredningen. Prov får också tas på personer som inte är skäligen misstänkta för brott om syftet är att underlätta identifiering vid utredning av brott som kan leda till fängelse. Beslutet behöver inte fattas av åklagaren utan kan tas av den ansvarige spaningsledaren.

Vi jobbar vidare för att försöka få fram hållbara bevis. Utpekandet räcker ju inte på långa vägar. Att hon har ljugit om var hon befann sig vid den aktuella tidpunkten räcker inte. Att hon var bekant med, och tyckte illa om, Otto räcker inte. Att hon äger en grön kappa med huva räcker inte. Ingenting av det vi har räcker. Inte ens ett erkännande skulle troligtvis räcka, eftersom vi saknar samverkande bevisning.

Vi fortsätter att kartlägga hennes bekantskapskrets genom att prata med människor som känner henne. Jag har träffat hennes dotter som var väldig öppen och tillmötesgående mot mig.

Jag vet inte om du är vaccinerad eller inte, men jag tar för givet att du måste förhålla dig neutral i tjänsten, och för att du ska förstå hur mamma och jag har haft det så måste jag känna att jag kan prata fritt.

Ibland funderar jag på att avsluta mitt Facebookkonto. Det är tidsödande att ha koll på det, och det är lätt att man blir sittande och tar del av andras göranden och låtanden som inte har ett dugg med en själv att göra. Men det är bra att ha också. Sen mamma blev anklagad har jag krympt min värld. Jag har varken lust eller ork med socialt umgänge in real life nu när så mycket står på spel. Men tack vara Facebook har jag inte helt tappat kontakten med mina vänner. Jag håller mig fortfarande à jour med det som händer i deras liv och inbillar mig att det kommer att göra det lättare att ta upp tråden igen när allt det här väl är över. Jag fortsätter att posta inlägg, gilla och kommentera för att bibehålla kontakten.

Men det är hemskt att se hur aningslösa en del är, och hur småaktiga vissa kan vara. Jag blir helt förfärad och nästan gråtfärdig när jag ser en personlig vän, som jag har betraktat som klok och förnuftig, stolt visa upp sig på Facebook med plåstret på armen efter den senaste vaccindosen. Jag får det inte att gå ihop! Hur kan en intelligent människa samtidigt vara så dum? Och jag blir rädd och tänker: Men hjälp, förstår du inte vilken risk du tar? Vet du inte att du kan få svåra biverkningar av vaccinet och till och med kan dö av det? Varför gör du så här mot dig själv? Varför litar du inte på din intuition?

Jag blir arg och besviken när så många av mina vänner visar sig vara i bästa fall naiva och oupplysta och i sämsta fall osjälvständiga och dumma. Jag blir ledsen när jag inte längre kan känna respekt och förtroende för personer som jag har trott hade ungefär samma inställning som jag själv. Å andra sidan är det bra att sanningen kommer fram så att jag inte går och inbillar mig saker som inte stämmer.

Jag har alltid tyckt att man har en skyldighet att stå upp för det man tror på. Att säga sin mening i en sakfråga är att visa respekt. Att tiga och undvika konflikter är respektlöst och fegt. Så jag har försökt visa mina vänner var jag står och faktiskt vet i den här frågan. Och att jag vet borde ingen ifrågasätta eftersom jag är legitimerad sjuksköterska och arbetar på akutmottagningen där jag varje dag träffar människor som har fått biverkningar av vaccinet. Stroke, proppar, andnöd, muskelproblem, hudproblem, lunginflammation, hjärtmuskelinflammation, hjärtinfarkt, död. Men nästan ingen bryr sig om att anmäla det som biverkningar. Det mörkas från alla håll, och man låter det bara passera. Så tror jag att det är nästan överallt.

Den monumentala okunskap jag möter hos patienterna skrämmer mig. Ingen tycks veta att vaccinet bara är nödgodkänt, och ingen tycks veta att det inte handlar om ett traditionellt vaccin där avdöda virus förs in i kroppen så att man bygger upp ett starkt immunförsvar, och ingen tycks veta vilka biverkningar vaccinet kan ge.

Men jag förstår varför det är så. I medierna får den ifrågasättande sidan aldrig komma till tals, så majoriteten av alla svenskar har ingen aning om den växande skara av läkare och andra experter som varnar för sprutorna. Inte ens alla inom sjukvården känner till det. Och den inställning till ovaccinerade som vissa kolleger har, får mig att skämmas å deras vägnar. Jag har hört arbetskamrater säga att vi inte borde ta

emot ovaccinerade patienter "utan hjärna", och att alla ovac-
cinerade är "idioter som inte borde ha rätt till vård för några
sjukdomar över huvud taget och kan ligga hemma och dö".
Vad är det som får en person som har som sitt jobb att vårda
skadade och sjuka, att uttala sig på det sättet? Och vad är det
som gör att en chef anklagar en anställd för att sprida "anti-
vaxpropaganda" och hota med omplacering, avstängning el-
ler uppsägning bara för att personen ifråga har valt att inte
vaccinera sig och öppet vågar stå för det? Jag begriper det helt
enkelt inte! Vi som har det här yrket borde ju uppskattas för
vår insats och välkomnas till jobbet!

I början visste man ju inte hur illa det skulle bli, men mam-
ma och jag kände motstånd mot vaccinet redan då, eftersom
det rörde sig om ett nödgodkänt och obeprövat preparat.
Pappa däremot hyste inga som helst betänkligheter och ville
gärna ta sprutorna. Mamma och jag gjorde allt vi kunde för
att informera honom, men det hjälpte inte. Han tyckte bara
att vi sjåpade oss. Jag diskuterade det inte med honom – var-
ken smittan, sjukdomen, vaccinerna eller biverkningarna.
Ingenting alls tog jag upp, för gick jag in i en diskussion med
honom blev hans motstånd bara ännu större. Men jag infor-
merade honom på andra sätt. Jag skickade artiklar och filmer
och bad honom läsa, se och höra. Jag gjorde vad jag kunde
för att han skulle ha chansen att ta till sig information och
kanske förstå. Han var ju en vuxen människa och hade rätt
att bestämma själv över sin kropp och sitt liv, men jag blev
förtvivlad när jag märkte hur aningslös och auktoritetsbun-
den han var.

Han lyssnade inte på mamma heller, som försökte ännu
mer än jag att få honom att inse faran. Hon sa att det gör ont
i hjärtat när den som är ens bästa vän och stora kärlek skadar

sig själv och man inte kan göra annat än att stå och se på. Hon var orolig för honom och kände sig helt maktlös.

Och när han blev sjuk och dog... Jag kan inte föreställa mig vad hon kände då. Själv tänkte jag att jag borde ha gjort mer, kämpat hårdare och varit mer ihärdig i mina försök att öppna hans ögon. Men jag tror inte att det skulle ha hjälpt. Han hade sin övertygelse klar och lät sig inte rubbas.

När mamma greps och blev anklagad för att ligga bakom sin kollegas död fattade jag *ingenting*. Hon har ju pratat om honom ibland och sagt att hon inte gillar honom, men mer än så har det absolut inte varit. Varför skulle hon ha *dödat* honom? Det är ju helt absurt! Alltihop är ett enda stort misstag, och jag tar för givet att hon kommer att friges nu, eftersom det bara inte *kan* finnas några bevis mot henne!

# FACEBOOK

**Stella Lovén**
Aftonbladets ledarsida, Jonna Sima:
"Jag sitter just nu i hemmakarantän efter att en person i min närhet har testat positivt för covid-19. Som gravid och dessutom över 35 år tillhör jag en riskgrupp. Gravida kvinnor löper högre risk att drabbas av allvarlig sjukdom och föda för tidigt. Trots det har bara hälften av alla gravida vaccinerat sig. Jag förstår inte hur de vågar utsätta sig själva, sitt barn och andra för riskerna när dessa minskar dramatiskt av vaccinet. Själv väntar jag otåligt på att få ta en tredje spruta.

---

Diskussionen pågår framför allt på sociala medier där kvinnor skrämmer upp varandra och sprider desinformation. Om man nu ska ha ideal från Barna Hedenhös borde man inte stänga av skärmarna då?

---

Den här trenden är dum och egoistisk. Inte bara för att man själv riskerar att bli svårt sjuk och i värsta fall inte få uppleva sitt nyfödda barn. Det har trots allt hänt två covidsjuka kvinnor i Sverige. Födande vaccinerade kvinnor kan också bli smittade på bb, likaså deras nyfödda barn. För att inte tala om personalen.

---

Många gravida menar att de inte vågar vaccinera sig för att de är rädda hur det ska påverka barnet i magen. Men det finns inga studier eller rapporter om att covidvaccinet ska vara skadligt för mamman eller barnet. Att inte ta sprutan är det däremot.

---

Det är tufft nog som det är att vara gravid och föda barn

131

i en pandemi. Nu är tid att visa systerskap och vaccinera sig så att vi alla tar oss ur det här eländet så fort det går."

**Gunilla Gelin**
Det här var bland det värsta jag har läst! Vad fan är det för fel på folk egentligen???

**Jonas Malmberg**
Pandemin driver fram de allra märkligaste varelser.

**Betty Keeler**
Vem vill ingå i "systerskap" med den tokstollan?

**Jeanette Fransson**
Att folk blir så upprörda? Inga begåvade individer bryr sig väl om vad som skrivs i "Aftonslasket"?

**Ernst Isaksson**
Man har rätt att vara totalt okunnig och perspektivlös. Dock INTE när man har en maktposition i media.

**Stella Lovén**
FHM: "De vacciner mot covid-19 som används i Sverige är godkända att ges till gravida under hela graviditeten. Det finns inget som tyder på att vaccinationen mot covid-19 har några negativa effekter på den gravida eller på fostret. Det har inte heller framkommit någon ökad risk för biverkningar för gravida efter en vaccination." Så vaccinerna är godkända nu? När kom det godkännandet? Jag trodde att det bara fanns nödgodkända vacciner än så länge.

**Lizzie Lundmark**
Lustigt hur vaccin absolut inte påverkar barnet men att

äta lever och blåost och byta kattsand är en risk? Man måste vara bortom dum om man tror på deras propaganda om vaccinsäkerhet.

**Maria Moberg**
Så här skriver Agnes Wold på Twitter: "Suck. Du förstår inte att de studier som leder fram till godkännandet av vaccinet är en sak, men sedan kommer något som är långt viktigare, nämligen testen i verkligheten. Det är när man vaccinerat många, många tusen gravida kvinnor man kan se om vaccinet är säkert eller farligt."

**Jerry Selander**
Har hon alla hästar hemma eller är alla på rymmen tro?

**Stella Lovén**
300 % ökade missfall hos vaccinerade kvinnor konstaterade i förhör med senator i USA. Österrike, med sitt vaccinationskrav, kräver inte att gravida ska ta sprutorna! FHM:s och regionernas kampanjer och desinformation angående vaccinationer till gravida ska vara straffbart!

**Gunilla Gelin**
Gravida ska INTE vaccinera sig. De riskerar att föda för tidigt, föda dödfödda barn, barnet kan få livslånga problem som INGEN vet något om. Kan också medföra sterilitet.

**Sanna Olberg**
Vad är detta för jäkla dumheter! Ingen gravid kvinna ska ingå i medicinska experiment. En gravid kvinna ska inte röka, inte dricka alkohol, inte äta lax & absolut inte vaccinera sig med ett nödgodkänt prevaccin. Allt som modern får i sig överförs via navelsträngen till fostret.

Näring, gifter, vacciner, läkemedel. Om man inte vill erkänna detta så är man helkorkad.

**Gunilla Gelin**
Precis!! Det kokar i mig när jag läser det JS skriver!!

**Maria Lund**
Man tar inte experimentella droger under en graviditet. Riskerna är mycket stora att barnet ska få allvarliga biverkningar p g a vaxet.

**Jonas Malmberg**
Jag är för människans rätt att själv bestämma över sin kropp och kunna fatta beslut gällande sitt eget liv utifrån vad hon tror är rätt och fel utan att lämna över det ansvaret på en myndighet eller makthavare. Är inte det ganska självklart?

# FRIDA

Det höll inte. Rätten ansåg att bevisningen mot Ellen inte var stark nog för att förlänga häktningstiden. Eftersom varken kollusionsfara, recidivfara eller flyktfara förelåg, hade vi hoppats på en så kallad utredningshäktning som kan tillgripas om åklagaren inte direkt kan prestera sannolika skäl för misstanke om brott men man kan räkna med att ytterligare utredning inom kort ska kunna ge stärkt bevisning. Tyvärr levde vi inte upp till det, och därför släpptes hon.

Polisen är oftast förundersökningsledare under spaningsskedet medan man utreder vem som kan misstänkas för brottet. När vi har kommit så långt att en person är skäligen misstänkt och frihetsberövad, det vill säga anhållen eller häktad, tar åklagaren över förundersökningsledningen. Men om frihetsberövandet upphävs och den misstänkte släpps, kan polisen bli förundersökningsledare igen, och det är där vi befinner oss nu. Brottsmisstanken mot Ellen kvarstår, och vi jobbar vidare för att hitta avgörande bevis. Samtidigt låser vi inte fast oss vid henne som enda möjliga gärningsperson. Vi slutar inte utreda andra hypoteser och frågor som vi tidigare har ställt oss, som om det finns andra som har velat Otto ont, om det fanns några affärer som hade gått snett, om det kan ha funnits personer som ville hämnas på honom, om han var självmordsbenägen och så vidare.

Men varför vägrade Ellen att svara på våra frågor om hon är oskyldig? Så brukar inte oskyldiga bete sig. Och varför ljög hon och påstod att hon inte befann sig på T-centralen vid den aktuella tidpunkten om hon inte har med saken att göra? Eller är Tove Lindbergs utpekande av henne felaktigt? Var det inte Ellen som kom utrusande genom entrédörrarna ändå?

Är vi inne på helt fel spår? Blev Otto inte ens mördad? Misstog sig tågföraren när hon trodde sig se honom bli knuffad? Kastade han sig i själva verket ut frivilligt? Vi har ju faktiskt ett vittne som påstår sig ha sett honom göra det. "Och sen tog han sats och..." Men ingenting i utredningen har visat att Otto var självmordsbenägen, och det finns i nuläget inga alternativa hypoteser eller alternativa gärningspersoner.

Jag är säker på att det är Ellen. Det enda jag inte förstår är vilket motiv hon kan ha haft. När man läser en deckare förväntar man sig att det till slut ska visa sig vem mördaren är och att han eller hon har ett motiv som går att förstå. Men i verkligheten åker mördare inte alltid fast, och när det händer är det inte säkert att motivet blir känt eller är särskilt begripligt.

Det vanligaste scenariot vid ett mord är att en berusad man hugger ihjäl en annan berusad man. Nio av tio mördare är män och två av tre offer är män. Den vanligaste orsaken är en bagatell. Känslomässiga motiv som hat och svartsjuka dominerar stort. I åtta fall av tio har känslorna svallat över bortom all kontroll och utlöst handlingen. Det vanligaste vapnet är vad som för tillfället finns att tillgå på platsen. I åtta fall av tio är gärningspersonen bekant med offret.

Vi vet att Ellen tyckte illa om Otto, men det räcker inte som förklaring till hennes handlande. Vad var det som på ett så avgörande sätt väckte en impuls hos henne att knuffa ner honom på spåret framför tåget?

# FRIDA

En misstänkt förövare som inte vill säga sanningen försöker kanske slingra sig undan genom att ignorera eller medvetet misstolka frågorna, ge förbisvar, leda in samtalet på ovidkommande detaljer, fokusera på icke väsentliga punkter eller komma med avledande kommentarer.

Svaret jag fick på mejlet jag skickade till Socialstyrelsen är ett bra exempel på det.

Hej!
Varför låter ni följande felaktiga påstående stå kvar på er hemsida? "Sverige hade tydlig överdödlighet under 2020."

Enligt statistiken hade vi i jämförelse med tidigare år procentuellt absolut ingen överdödlighet 2020, och det måste ni ju vara fullt medvetna om. Jag undrar alltså vad ert syfte med det felaktiga påståendet är.
Mvh
Frida Ekberg

Hej!
Tack för ditt mejl. Det finns tyvärr ingen tydlig definition av överdödlighet, och så är definitionen inte explicit definierad i pressmeddelandet och används inte alls i faktabladet som tillhör pressmeddelandet. Som vi använde definitionen i pressmeddelandet så stod det (implicit) för fler döda 2020 jämfört med ett genomsnitt av antal döda de senaste åren. Meningen direkt efter lyder så här: "Totalt avled 98 229 personer, vilket kan jämföras med i genomsnitt 91 070 mellan 2015 och 2019." Hoppas det är lite tydligare varför vi använde ordet "överdödlighet" i pressmeddelandet d.d.2021-06-20.

Med vänlig hälsning
Geir Erlandsson
Statistiker

Hej!
Tack för svaret. Men jag undrar fortfarande vad ert SYFTE var (är) med att ljuga/vilseleda genom att inte ge fullständig information. Att bara uppge i antal individer hur många fler som dött 2020 jämfört med några år tidigare är ju ett tydligt exempel på just det. Dödligheten måste ju uppges i procent av folkmängden för att bli rättvisande, och gör man det, fanns det ingen överdödlighet 2020. Se bifogade siffror från SCB.

Jag vill alltså veta varför ni valde att vinkla informationen som ni gjorde (gör) så att den blev missvisande och gav allmänheten en felaktig bild av läget.
Mvh
Frida Ekberg

Hej!
Statistiken du bifogade från SCB visar dödlighet som andel av den totala folkmängden ett visst år. Skalan är i procent av den totala befolkningen där 0 procent betyder ingen död, 100 procent betyder hela befolkningen är död. För år 2020 ligger dödligheten på 0,95 % (98 125/10 378 483 = 0,009454657) eller ungefär 1 procent av befolkningen. Som du ser i tabellen du bifogade är dödligheten i andel av den totala folkmängden högst för år 2020 om man jämför med de senaste åren. Nästan 1 procent av befolkningen dog 2020 (0,95 procent) medan år 2019 dog det färre, nämligen 0,86 procent av den totala befolkningen år 2019. Från 2012 och längre bakåt i

tiden ligger dödligheten i andel av den totala folkmängden högre än år 2020. Det har forskare och hälsovetare förklarat med att den generella trenden i överlevnad förbättras långsamt genom förbättrad diagnos och behandling på sjukhuset, förbättrad förståelse för sundare levnadsvanor och nya riktlinjer för hälsosjukvården m.m. Pandemiåret blev det plötslig annorlunda, men det ser ut att vi är på väg mot den generella trenden igen med minskad dödlighet.

Med vänlig hälsning

Geir Erlandsson


Hej!

Tack för (den onödiga) förklaringen till hur jag ska tolka SCB:s tabell. För övrigt var det ju inte så konstigt att trenden bröts 2020 och dödligheten blev lite högre det året, eftersom den var bra mycket lägre året innan.

Men du har fortfarande inte svarat på min fråga som är: Vad var ert syfte med att lägga fram informationen så att den garanterat gav en felaktig bild av läget? För hur man nu än mäter och definierar överdödlighet, så förstod ni säkert att de jämförande siffrorna med antalet dödfall som ni valde att lägga fram, och ordet "överdödlighet", som för gemene man naturligtvis tolkas som att "fler än vanlig har dött", skulle ge en viss effekt. Varför ville ni uppnå den effekten? Det är det jag undrar och gärna vill ha svar på.

Mvh

Frida Ekberg


Hej!

Jag har försökt ge ett tydligt svar på din statistikfråga, förklarat vad vi menar med ordet överdödlighet och förklarat statistik från annan myndighet för att hjälpa dig att förstå statistiken.

Statistik om dödsorsaker används nationellt och internationellt av många olika intressenter, journalister, forskare, beslutsfattare, medborgare m.m. för uppföljning av hälsoläget i Sverige. Statistiken är framtagen med standardiserade (internationella) metoder som används sedan länge. Det ligger inte i vårt uppdrag att ge en felaktig bild av läget. Om det skulle vara något allvarligt fel med statistiken, då kommer det en upprättning. Jag har inte hört om något fel som behöver rättas till.

Bifogar länkar för vidare läsning.

Jag har inget mer att tillägga i ärendet.

Med vänlig hälsning

Geir Erlandsson

Hej och tack för svaret. Det verkar som om du fortfarande inte har förstått min fråga. Det är inte en statistikfråga jag har ställt, och jag har inte efterfrågat att få hjälp med att förstå statistiken. Det är inte heller själva statistiken jag ifrågasätter, utan Socialstyrelsens sätt att presentera den för allmänheten på ett ofullständigt sätt, så att den gav (ger) en felaktig bild av verkligheten. Jag upprepar frågan (utan att förvänta mig något svar längre, men så att du kanske ändå till slut förstår själva frågan): Vad var ert syfte med att lägga fram informationen så att den garanterat gav en felaktig bild av läget? Även om det naturligtvis inte ligger i ert uppdrag att ge en felaktig bild så var det precis det ni gjorde (gör).

Jag tackar för den tid du lagt ner på detta, och jag tackar för det material du därigenom har bidragit med till min kommande bok. Det ger en bra bild av hur svårt det är att få ett rakt och ärligt svar från en myndighet.

Mvh

Frida Ekberg


Hur troligt är det att Erlandsson missade, eller inte förstod, min fråga, som jag upprepade minst fem gånger i mina mejl? Det finns inte en chans. Han undvek den medvetet, på samma sätt som en misstänkt brottsling skulle kunna göra. Till slut intog han försvarsposition, så helt okänslig var han inte, men istället för att försvara lögnen, började han försvara själva statistiken, som jag över huvud taget inte hade ifrågasatt. Istället för att besvara min fråga med ett halvt erkännande i stil med "Ja, det var kanske inte bästa sättet att lägga fram informationen på", eller "Ja, det blev kanske inte så bra det där", vilket skulle ha avväpnat mig, valde han att undvika frågan helt och hållet, vilket tydligt visar att han var fullt medveten om att deras agerande inte berodde på slarv.

Han försökte dölja sanningen för mig, och därför ljög jag för honom tillbaka. "Min kommande bok" är varken påbörjad eller planerad, men om han mot förmodan skulle googla på mig, upptäcker han att jag har skrivit två böcker tidigare och tror kanske på min uppgift att en tredje är på gång.

Ju mer jag tänker på det, desto argare blir jag. Jag ställde en enkel fråga och får bara omständlig och ovidkommande information, som jag varken behövde eller hade bett om, till svar! Trodde han att jag skulle låta mig förvirras och luras av det? Trodde han att han skulle lyckas dölja att han undvek min fråga genom sina löjliga, genomskinliga krumbukter? Då trodde han fel, den lille statistikern.


Luften har gått ur oss. Efter frisläppandet av Ellen har alla i utredningsgruppen mer eller mindre tappat motivationen. Vi har inga fler spår att följa och inga nya uppslagsändar att nysta i. Jag har pratat med en av Ellens arbetskamrater, men det gav inget av värde. Enda vägen framåt, som jag ser det, är att vi kan få Ellen att börja kommunicera med oss. Men hur ska det gå till? Är hon skyldig förstår hon säkert att det bästa hon kan göra är att fortsätta att tiga. Nu när hon vet att vi inte hade tillräckligt på henne för att kunna hålla henne kvar kan hon ju känna sig lugn. Men jag har svårt att ge slaget förlorat. Även om jag har tappat geisten så vill jag inte ge upp och fortsätter att prata med personer i hennes bekantskaps-krets.

# BEATA OLSSON

Ellen och jag har jobbat på samma ställe ganska länge nu, men vi har ingen nära relation. Hon är ganska tystlåten av sig och har inget behov av att synas och höras, som vissa andra här. Hennes främsta egenskap när det gäller jobbet är att hon är väldigt noga med allting. Petig och perfektionistisk, skulle kanske vissa säga, men det tycker jag är fel. Detaljorienterad, skulle jag hellre vilja kalla det. Och jag tycker att egenskaper som noggrann, metodisk, systematisk, strukturerad och logisk är bra egenskaper att ha på ett jobb. Hon vill alltid gå till botten med saker och ting och slarvar aldrig igenom sina arbetsuppgifter bara för att bli fort färdig. Hon upptäcker lätt fel och brister och kommer ofta med förslag till förbättringar. Vissa tar det som ifrågasättanden och kritik, men det är inte så hon menar. Hon vill bara få det som är opraktiskt och ogenomtänkt att fungera bättre, och det tjänar ju alla på. Men det är inte många här som är öppna för förändringar, så oftast blir det ingenting av det. Folk är så tröga och rigida. Det ska vara som det alltid har varit, hur dåligt det än fungerar, och tycker man annorlunda och föreslår förbättringar är man bara besvärlig. Det gör att man tappar lusten att ta några initiativ.

Som person är Ellen ganska inåtvänd. Hon pratar inte så mycket och är mer som en observatör som iakttar och registrerar. En del tycker att hon är reserverad och tråkig, men det tycker inte jag. Att hon inte säger så mycket betyder inte att hon inte tänker, och hennes tystnad skrämmer inte mig. Jag tycker själv att tala är silver och tiga är guld. Det kan göra andra osäkra har jag märkt, att man inte är som en öppen bok och pratar om sitt privatliv och luftar sina åsikter hela tiden.

Men det vill inte jag. Jag pratar aldrig om mitt privatliv på jobbet, och det gör inte Ellen heller. Det enda jag vet om henne är att hon har – eller hade, rättare sagt – en man och en vuxen dotter. Mannen dog för ett tag sen, men jag vet inte av vad. Det var inte av covid i alla fall, för det måste man ju rapportera.

Och jag förstår varför hon inte berättade. Det finns vissa här som man inte har lust att avslöja privata saker för. Då tänker jag på Otto också. När han drog igång med sina utläggningar märkte jag hur avståndstagande Ellen blev. Ibland bara tog hon sin kaffekopp, reste sig och gick. Hon sa aldrig emot honom, och det förstår jag, för att ge sig in i en diskussion med en självbelåten idiot är bara självdestruktivt och dumt. Varje dag satt han här och klagade på olika grupper som han inte gillade. Feminister, invandrare, kriminella... Det var ett evig gnällande. Jag brydde mig inte så mycket, men jag kan inte påstå att jag saknar det.

En gång råkade jag sitta i samma tågvagn som han. Då satt han och pratade högt och ljudligt i sin mobil under hela resan. Han betedde sig som om han var helt ensam i tågvagnen och tyckte att han var i sin fulla rätt att sabba tystnaden och resron för alla runt omkring. Han var likadan på jobbet, att han bara tänkte på sig själv och inte tog hänsyn. Och medpassagerarna bara himlade med ögonen, suckade och TEG, fast alla helst bara ville skrika HÅLL KÄFTEN GUBBJÄVEL! Jag teg ju jag också, fast jag kände honom, men FAN alltså, att man ska behöva finna sig i sån där skit! För det är ju inte bara han som beter sig så. Det händer ju för jämnan att nån jävla idiot breder ut sig och förstör för alla runtomkringvarande.

# FACEBOOK

## Anna Stenvall

Får rapporter om arbetsplatser där hälften av personalen är sjuk i covid. Alla sjuka är vaxxade. Deras resonemang: "Tur att jag har tagit mina tre doser, annars hade jag nog dött!". Detta med syftning på en sjukdom som nu yttrar sig som en vanlig förkylning även för de ovaxxade. Ingen som känner sig lurad?

## Cecilia Winblad

Alla kollegor är sjuka hela tiden! Alltså heeeela tiden! Av sticken direkt eller senare efter sticken. Ingen tycks heller reagera på att den enda ovaxxade av 40 anställda inte varit sjuk en endaste dag nu på 1,5 år... Men vem har tid med sådana funderingar när den fjärde dosen är på ingång till stor glädje och förtjusning för alla!

## Carola Johansson

Jag är inte vaccinerad och blev sjuk. Hade 38 graders feber i ett dygn och lite huvudvärk. Dagen därpå var det inte värre än att jag kunde jobba hemifrån. Många på jobbet som är fullbesprutade har varit hemma i över en vecka och inte orkat jobba. Det får i alla fall mig att undra... Och mantrat de kör med ("Vilken tur att jag är vaccinerad för tänk hur sjuk jag hade blivit annars") är också en gåta...

## Eva-Britt Olofsson

Jag undrar varför "alla" springer iväg och testar sig hela tiden, det verkar nästan vara som någon sorts fjäder i hatten? Jag menar, spelar det någon roll om man är sjuk i det ena eller det andra? Viruset har drabbat vår familj också, men jag skulle knappt kalla det en förkylning ens.

Bortsett från lite feber i ett dygn så var saken klar, lite trötthet ett par dagar men inte mer än så. Nog för att jag vet att vissa kan bli betydligt sjukare, men det gäller ju för flunsan också.

### Felicia Norén
Ja, det kan jag skriva under på! När min sambo fick covid klarade hela övriga familjen sig, trots att vi levde ihop som vanligt. Nu när den vanliga influensan kommer så dukar hela familjen under, en efter en. Och alla mår faaan så mycket sämre än sambon gjorde av covid, trots att han led av alla möjliga hemskheter då. Snälla, låt oss bli friska, detta är vidrigt, jag hatar att ligga utslagen så här!

### Vera Friberg
Trodde knappt det fanns någon influensa kvar. Folk-hälsomyndigheten visade statistik på den förra veckan och den var i princip borta. Är du säker att det inte är covid ni fått?

### Felicia Norén
Med tanke på att hela familjen tagit typ 10 snabbtest och alla tagit PCR och allt varit negativt känns det inte direkt troligt. Finns väl typ tusen andra virus, så nåt jobbigt skit har vi fått.

### Gudrun Hagström
Specialistläkare Peter McCullough under Europaparla-mentets webbseminarium: "De nuvarande vaccinen bör tas bort från marknaden för en grundläggande säker-hetsgranskning."

Han påpekar också att det finns flera undersökningar som visar att vaccineringen fått en motsatt effekt och bland annat lett till större antal smittade. Redan i mars och juni förra året fanns data från Frankrike respektive Storbritannien som avslöjade vaccinens misslyckande.

– Redan då uppmanade vi världens regeringar att stoppa vaccineringen, säger han. Tyvärr har det i stället blivit onödiga dödsfall och sjukhusinläggningar, både från covid och vaccinen.

– Alla vaccin bör stoppas omedelbart och dras tillbaka från marknaden."

### Jonas Malmberg

Hans varningar är allvarliga och befogade. Nu måste fler läkare säga ifrån och se till att inte ännu fler friska människor blir dödssjuka eller får allvarliga biverkningar av dessa sprutor.

### Gudrun Hagström

Massvaccineringen är en studie, och alla som tar vaccinet är med i studien som ska visa om vaccinet är ofarligt eller inte. För att göra detta så ska enligt lag ett informerat samtycke lämnas av deltagaren. Enligt dem jag känner som vaccinerat sig så har inget sådant samtycke efterfrågats. Ingen information ges heller om att vaccinet inte är godkänt än, endast villkorligt godkänt, och inte har genomgått de fyra faser ett läkemedel behöver genomgå innan det kommer ut på marknaden. Detta vaccin är dessutom en helt ny typ av läkemedel, mRNA, som aldrig tidigare använts, varför extra försiktighet är oerhört viktig. Han som uppfann mRNA är starkt kritisk och anser inte att det skulle användas på det sätt som man gör nu, där man försöker vaccinera en hel värld.

### Jonas Malmberg:

Ur Läkartidningen 2021-09-21: "Samtliga coronavacciner har ett villkorat godkännande. Läkemedelsföretagen har fram till årsskiftet 2022/2023 på sig att visa att vaccinerna håller vad de lovat. Det innebär att vi befinner oss i en fas 3-studie i en läkemedelsprövning. Vad gäller säkerhetsdata har vi endast en begränsad mängd korttidsdata och inga långtidsdata för vuxna. Dessutom används en ny teknologi, mRNA-vaccin, som aldrig tidigare godkänts för användning på människa. De vaccin som nu används i stor skala kanske inte ens blir godkända i slutändan."

**Lena Nielsen**
Ur flödet om mRNA, om ni tycker att era FULLVACCINERADE (f d) vänner beter sig konstigt: Detta syntetiska mRNA-preparat tränger igenom hjärnbarriären, vilket har visat sig kunna medföra stora förändringar i människors bedömningar och tänkande. Detta är ingenting individen själv märker av, medan de som inte är påverkade av substansen oftast kan se märkbara beteendeförändringar hos dem som tagit preparaten. Denna påverkan gör också folk villiga att fortsätta att lita på, och fortsätta att ta, preparaten. Människans fria vilja är nu begränsad och kommer att få ett abrupt slut om inget görs. Denna påverkan, som startade 2021 och ska vara klar 2030, leder oss till förslavning och död. Allt går ut på att makteliten ska övervaka och få absolut kontroll över hela mänskligheten.

*– Varför måste pappa ha en övervakare?*
*– Det beror på att han är villkorligt frigiven. Han satt i fängelse två tredjedelar av strafftiden, och den tredjedel som är kvar är en så kallad prövotid. Under den tiden måste han ha en övervakare som kontrollerar att han sköter sig.*

– Hur då kontrollerar?

– Ja, dom träffas och pratar och så.

– Det är väl typ ingen kontroll.

– Nej, men det kan vara bra att ha nån utanför familjen att prata med också. Nån som vet hur det kan vara att komma ut ur fängelset efter lång tid.

# FRIDA

En tonårskille står på perrongen och slöfilmar med sin mo-
biltelefon. Ett kort ögonblick är Otto och Ellen i bild. Där
står hon, alldeles bakom honom, och hennes ansikte syns
tydligt. I nästa sekund sveper kameran över till tåget som
kommer in på stationen. Resten är kaos.

Filmen, som är drygt två minuter lång, kom in till oss re-
dan när vi gick ut och bad om vittnesiakttagelser från T-cen-
tralen, men den har tydligen inte blivit närmare granskad ti-
digare. Hade den gåtts igenom noga borde man åtminstone
ha upptäckt Otto, som man kände till utseendet på. Bildkva-
litén är inte den bästa, men man ser tydligt att det är han,
och ännu tydligare ser man att det är Ellen som står bakom
honom. Vi har kallat henne till nya förhör, men hon fortsät-
ter att tiga, trots bevisen vi har konfronterat henne med. Det
är andra än jag som har försökt få henne att berätta, men hit-
tills är det ingen som har lyckats. Jag har suttit med vid för-
hören ett par gånger men aldrig ställt några frågor själv. Jag
har iakttagit Ellen, och jag har iakttagit mina kolleger.

För det första är jag helt säker på att vi misstänker rätt per-
son. Redan första gången jag träffade henne, före vittneskon-
frontationen, fick jag en känsla av att hon inte var ärlig. Hon
var spänd och orolig, och jag kände att hon ljög. Nu tiger
hon bara och visar inte vad hon känner.

För det andra tror jag att hon håller tillbaka en stor vrede.
Hon är stum och kall, och det är med hjälp av den känslomu-
ren hon hindrar fördämningarna att brista. Därför måste vi
ta det försiktigt med henne, anser jag. Ingen av mina kolleger
har använt sig av hårdföra metoder, som aggressivt tonläge,
anklagelser och förtäckta hot, men ingen har varit särskilt

lyhörd heller. Jag undrar om jag skulle klara det bättre själv? Det har i alla fall fått mig att börja fundera på vad det är som gör att en misstänkt öppnar sig och erkänner.

Ja, inte får man fram ett sanningsenligt erkännande genom att använda våld i alla fall. Jag har bevittnat ett försök i den riktningen en gång när en kollega i yttre tjänst tappade kontrollen och flippade ur totalt. Jag borde ha anmält honom, men jag var ung och grön, så det gjorde jag inte.

*Ingvar går fram till killen, höjer knytnäven och ger honom ett hårt slag i ansiktet. Killen vacklar bakåt och kolliderar med väggen. Han torkar sig över munnen med baksidan av handen och stirrar på sina blodiga fingrar. Ingvar snärtar till mot hans kind med handens baksida och tillbaka med handflatan mot hans andra kind. Handen snärtar fram och tillbaka, fram och tillbaka. Killen försöker skydda ansiktet med händerna och Ingvar slår till honom i magen. Killen viker sig dubbel och stönar av smärta. Nästa slag träffar honom under ena ögat, och han faller omkull på golvet. Ingvar sparkar honom med spetsen på sin sko. "Res dig upp för fan!" Killen stönar men ligger kvar. Ingvar sparkar till honom igen. Killen kravlar sig upp och Ingvar ger honom ett nytt slag i magen och ytterligare ett i ansiktet. Killen sjunker ihop mot väggen och snyftar. "Lägg av för fan." Ingvar griper tag i hans jacka och börjar dunka hans huvud mot väggen. "Nu erkänner du vad du har gjort ditt jävla as!" Men killen bara stönar, och efter en stund faller hans huvud framåt och han är medvetslös.*

När Fabian greps och anklagades för våldtäkt nekade han först. Sen erkände han, och vad var det som fick honom att göra det? Berodde det på den som förhörde honom, eller orkade han bara inte hålla tyst längre?

Han och jag hade ingen kontakt vid den tiden, men jag fick veta vad som hade hänt. Jag besökte honom inte i fängelset heller, fast jag kanske borde ha gjort det. Jag är ju hans enda kvarvarande släkting efter mammas och Sörens död. Men jag var så trött på honom efter att ha haft honom boende hos mig, och efter hur han uppförde sig mot mig under den tiden. Jag har tänkt på honom ibland och undrat hur han har det, men jag har inte försökt ta reda på det. Det enda jag vet är att han vistas i kriminella kretsar nu och troligtvis är bortom räddning. Det finns inget jag kan göra för att hjälpa honom.

Han satt inne för våldtäkten i drygt två år. Jag har skickat efter förundersökningen och läst igenom förhören med honom. Jag vet inte riktigt varför. Kanske för att jag vill veta hur han verkade vara när han begick brottet som han dömdes för, och kanske för att jag ska förstå varför det hände. Men jag har aldrig förstått honom, så varför skulle jag förstå honom nu? Han är bara en feg liten skit, som alla andra kvinnomisshandlare och våldtäktsmän jag har kommit i kontakt med.

Till en början ljög han och förnekade alltihop. Hans första version av händelseförloppet är ett typexempel på hur en falsk utsaga kan låta. Han berättar mekaniskt och radar bara upp alla fakta i en tydlig kronologisk ordning. Han gör sig dessutom dummare än jag vet att han var, så att han framstår som en omogen tonåring. Vad trodde han att han skulle vinna med det?

Den korkade lilla skitungen. Mats säger att jag måste ge upp hoppet om honom. Att jag blir arg på honom tyder på att jag fortfarande känner ansvar för honom och hoppas kunna hjälpa honom, säger han, och det har han kanske rätt i. Men jag klarar det inte. Jag vet att jag inte kan påverka honom, och jag vet att han är vuxen nu och måste ta eget ansvar, men min känsla av maktlöshet tycks aldrig försvinna, fast jag inbillar mig ibland att den är borta. Jag lyckades distansera mig hjälpligt från honom när han bodde hos mig, och nu har vi inte träffats på flera år, men i grund och botten är jag lika bunden vid honom som jag alltid har varit. Han är min lillebror. Han bråkade och skrek, var stökig och dum, rökte och drack, begick brott och hamnade i fängelse, och vad jag än gjorde så hjälpte det inte. Jag kunde inte rädda honom.

– Hur var du när du var tonåring, Frida?

 – Jag var ganska kaxig, tror jag.

 – Höll du på med droger och sånt?

 – Nej, det gjorde jag inte. Jag gillade inte att bli konstig i huvudet.

 – Drack du sprit då?

 – Nej, min styvpappa var alkoholist, och jag hatade sprit och fulla människor.

# FÖRHÖR

FE: Jag var på en fest, och efter en stund gick jag till toaletten. Jag var ganska berusad. Jag gick till toaletten för att dricka lite vatten. Sen gick jag ut därifrån. Sen gick jag ut. Jag gick mot vägen hem till mig. Sen hörde jag ett skrik. Sen var det skog och det var ganska mörkt så jag såg inte. Så gick jag efter skriket in i skogen. Sen såg jag att en människa låg där. Så gick jag fram och kollade. Då såg jag att det var en tjej. Hon låg på rygg och hade blod i ansiktet. Sen såg jag en bil som körde in på parkeringen. Då blev jag rädd och sprang därifrån. Jag blev rädd för bilen så jag sprang tillbaka till festen. Jag riktigt sprang hela vägen tillbaka. Sen när jag kom in till lägenhetsfesten satte jag mig i soffan. Då såg jag att jag hade blod på mina kläder. Sen gick jag snabbt till toaletten och tvättade av mina händer och tvättade av mina byxor. Men det var för mycket blod på mina byxor så det gick inte att få bort.

FL: Okej, Fabian. Då vill jag att du tar det från början igen och berättar så detaljerat du kan vad du gjorde vid det här tillfället.

FE: Ja, men det finns väl inte så mycket mer att berätta om det liksom.

FL: Vad hände efter att du hade lämnat festen?

FE: Jag gick ut. Så hörde jag ett skrik. Sen blev jag... Jag tänkte vem är det som skriker liksom. Sen kollade jag in i skogen men såg ingenting. Så gick jag fram för att kolla vad det var. Sen såg jag en tjej ligga där. Hon låg på ryggen, typ.

När jag försökte vrida på hennes huvud såg jag att hennes ansikte var blodigt. Innan jag ens hann reagera eller göra nånting såg jag en bil köra in. Så släppte jag taget om henne. Så såg jag att jag hade blod på mina händer och kläder. Så började jag springa därifrån. Så sprang jag tillbaka till festen. Sen ingenting. Sen gick jag till vardagsrummet och satte mig ner i soffan. Sen såg jag att jag hade blod på mina kläder. Så gick jag in på toaletten och tvättade mig. Sen fortsatte jag natten som vanligt.

FL: Var befann du dig när du hörde skriket?

FE: Typ vid... mellan... hundra meter utanför mitt hus.

FL: Hur lät skriket?

FE: Det lät som ett vanligt skrik.

FL: Kan du beskriva bilen som kom?

FE: Den såg mörk ut.

FL: Kan du beskriva den på nåt annat sätt?

FE: Nej.

FL: Fanns det några personer i bilen?

FE: Troligtvis, ja.

FL: Vad såg du när du kom in i skogen?

FE: Såg tjejen ligga där.

FL: Hur såg det ut i skogen?

FE: Två stora träd och mossa.

FL: Hur långt från träden låg tjejen?

FE: Hon låg... jag tror att hon låg bredvid ett stort träd tror jag. Det andra trädet var framför och bredvid henne. Med en två meters mellanrum ungefär.

FL: Hur låg tjejen när du kom fram?

FE: Hon låg typ... med vänstra ansiktet mot marken, typ. Sen så låg hon platt på rygg. Det var det. Sen försökte jag vrida på hennes huvud, och då såg jag att ansiktet var blodigt. Hon andades konstigt också. Typ små andetag. Sen så såg jag att det kom en bil till parkeringen och då blev jag rädd och sprang därifrån.

FL: Hur var tjejen klädd?

FE: Hon hade... kjol och tröja, typ.

FL: Var kläderna i ordning?

FE: Va?

FL: Satt kläderna som dom skulle på henne?

FE: Nej, dom var lite uppdragna.

FL: På vilket sätt var dom uppdragna?

FE: Tröjan och kjolen hade rullats upp. Rullats uppåt.

FL: Hade hon behå på sig?

FE: Nej, ingen behå.

FL: Hade hon trosor på sig?

FE: Nej, inga trosor. Jag såg i alla fall inga.

FL: Hon hade ingen behå och inga trosor på sig, och tröjan och kjolen var uppdragna.

FE: Mm.

FL: Vad tänkte du om det?

FE: Vadå?

FL: Vad tänkte du när du hittade henne halvt avklädd så där?

FE: Jag tänkte att... nån hade... haft sex henne.

FL: När du kom fram till tjejen, kan du säga exakt hur du gjorde med henne då?

FE: Jag böjde mig fram och tog tag om hennes huvud och försökte vrida fram det. Det var allt. Det var då bilen kom och jag blev rädd.

FL: Varför blev du rädd?

FE: För jag var blodig. Sen var jag lite berusad också. Så jag bara sprang därifrån.

FL: Varför tillkallade du inte hjälp?

FE: Jag hade ingen mobil på mig. Jag glömde den på festen. Jag hade ingen tanke på att ringa nån ens.

FL: Varför inte det?

FE: Ja, allting gick så snabbt. Jag gick fram till platsen och försökte vända på henne. Sen kom bilen.

FL: Varför gick du fram till henne?

FE: Jag ville kolla vad det var.

FL: Och när du såg att hon var skadad... Tänkte du inte att hon behövde hjälp?

FE: Nja, säkert nån sekund, ja. Men jag tänkte att hon skulle klara sig. Det var inte så allvarligt.

FL: Hur kunde du avgöra det?

FE: När jag kom fram och när jag vred på hennes huvud så andades hon. Det var därför jag tänkte att hon skulle klara sig.

FL: Sa hon nånting till dig?

FE: Nej, ingenting.

FL: Vilka kläder hade du på dig?

FE: Jag hade på mig min gråa Adidas-tröja och mina blåa jeans och mina svarta Adidas-skor. Det var allt jag hade på mig.

FL: Vilka kläder var blodiga?

FE: Min gråa Adidas-tröja tror jag. Sen mina jeans.

FL: Var var jeansen blodiga?

FE: Nere vid vänstra foten.

FL: Hur blev dina jeans blodiga?

FE: Ja, jag tror... När jag såg bilen släppte jag henne. Sen... Jag minns inte om jag halkade eller tappade greppet, typ. Sen råkade mitt vänstra ben nudda henne längst ner... på vänsterfoten, ja. Så fick jag typ blod på byxbenet på vänster fot.

FL: Kände du att du nuddade?

FE: Mm.

FL: Hur då?

FE: För när jag halkade, när jag försökte resa mig upp, så gick jag över med höger fot över hennes huvud, och då halkade jag med vänster fot så då råkade jag komma åt hennes huvud.

FL: Hur menar du när du säger att du råkade komma åt hennes huvud?

FE: Foten bara gled över hennes huvud.

FL: Åsamkade du henne några skador i samband med att du klev över henne?

FE: Vad sa du?

FL: När du nuddade henne med din vänstra fot, blev hon skadad då?

FE: Nej.

FL: Var var din tröja blodig?

FE: Vet inte, jag tror det var blod, ingen aning.

FL: Vi har alltså hittat DNA-spår från tjejen på dina kläder, och det fanns spår av henne bland annat på din tröja. Hur förklarar du det?

FE: Ja, jag böjde mig ju ner över henne när jag vände på hennes huvud… om det kan vara det. Jag kanske råkade komma åt henne då med tröjan.

FL: Såg nån på festen att du var blodig?

FE: Ingen aning. Jag gick bara in i rummet och satte mig i soffan direkt.

FL: Varför berättade du inte för nån vad som hade hänt?

FE: Jag vet inte. Jag var rädd.

FL: Vad var du rädd för?

FE: Ingen. Bara rädd.

FL: Kan du beskriva hur tjejen var skadad?

FE: Nej, jag såg bara blodet i ansiktet.

FL: Har du skadad henne?

FE: Nej.

FL: Men varför kallade du inte på hjälp om du inte hade skadat henne?

FE: Jag var bara rädd för konsekvenserna. För vad som skulle hända.

FL: Vilka konsekvenser var du rädd för?

FE: Ingen aning. I och med att jag var med i brottsregistret så skulle jag inte vilja att polisen visste att jag var i närheten av henne.

FL: Men det var väl inget att vara rädd för?

FE: Jo, för jag ville inte ha nåt med polisen att göra.

FL: Men nu är du ju delgiven misstanke om våldtäkt. Vad har du att säga om det?

FE: Att jag inte har gjort det.

FL: Vi har alltså hittat spår från dig på tjejen. Vi har bland annat hittat sperma.

FE: Ja, jag vet i alla fall inget annat än att jag inte har gjort det. Att jag inte vet att jag har gjort det. Men jag var rätt så berusad, så det...

FL: Är det så att du är orolig för att du kan ha nånting med det att göra men inte minns det för att du var så berusad?

FE: Alltså det är det jag... det skulle jag alltså... nej, det skulle jag aldrig... det skulle jag aldrig kunna göra liksom. Förstår du hur jag menar? Så det är jag inte orolig för, men... jag funderar ju, jag funderar ju ändå varför jag inte kommer ihåg nånting liksom.

FL: Det skulle du aldrig kunna göra.

FE: Nej, nej, nej.

FL: Är det nånting annat du är orolig för?

FE: Nej, det är...nej, det är jag väl inte, men alltså det är väl som sagt att man är väl... det är jobbigt att inte komma ihåg helt enkelt hur mycket jag än försöker tänka.

FL: Berätta.

FE: Berätta vadå? Eller vad...

FL: Utveckla det du tänker på.

FE: Ja, det är väl ganska självklart att jag aldrig skulle kunna göra en sån grej, det är ju jobbigt att ens prata om det liksom.

FL: Mm, försök.

FE: Ja, men det finns väl inte så mycket mer att säga än det liksom. Finns inte en chans att jag skulle kunna göra nåt sånt.

FL: Det finns inte en chans.

FE: Nej, för så bra känner jag ju mig själv liksom... ja... Hur väck jag än har varit, menar jag. Jag har varit väck många gånger i mitt liv, men alltså... nej... skulle aldrig kunna... skulle aldrig falla mig in liksom, hur väck jag än skulle vara, att göra en sån grej.

# FRIDA

Hur ska vi få Ellen att börja berätta? Vad var det som fick *Fabian* att bestämma sig för att övergå till sanningen? När en misstänkt, som från början har förnekat alla anklagelser och bedyrat sin oskuld, plötsligt själv föreslår ett förhör, brukar det betyda att han har insett att läget är ohållbart och att det kanske är bättre att han försöker förklara sig. Det var så Fabian gjorde. Han bad om ett nytt förhör. Det framgår inte av förhörsprotokollet av vilken anledning han hade bestämt sig för att erkänna, så vill jag veta det blir jag tvungen att fråga honom själv. Det är kanske dags att ta kontakt med honom snart, tänker jag ibland. Eller också är det bara dumt.

– *Varför träffar du aldrig din bror?*
   – *Vi kommer inte så bra överens.*
   – *Varför?*
   – *Vi är för olika. Han har begått brott och suttit i fängelse flera gånger.*
      – *Vad har han gjort?*
      – *Misshandlat och rånat folk.*
      – *Är han farlig?*
      – *Nej, inte för oss. Och jag funderar faktiskt på att träffa honom snart.*

# FÖRHÖR

FL: Idag är det du som velat bli förhörd, Fabian. Vad är det du vill berätta?

FE: Om tjejen.

FL: Du vill berätta om tjejen.

FE: Ja. Jag kom bakom henne och hon hörde ingenting. Hon vände sig aldrig om.

FL: Du kom bakom henne?

FE: Ja, så drog jag ner henne på marken och ströp henne.

FL: Hur ströp du henne?

FE: Tog bara tag.

FL: Hur tog du tag?

FE: Med händerna.

FL: Och sen?

FE: Så kämpade hon. Sen svimmade hon. Hon kämpade först, sen svimmade hon. Vet inte riktigt när hon svimmade. Sen drog jag iväg henne till skogen. Hennes kjol och tröja rullades upp så hon hade... Ingenting ramlade av, men det rullade upp sig så det syntes.

FL: Vad var det som syntes?

FE: Brösten och trosorna.

FL: Mm.

FE: Och sen... Jag drog iväg henne vid fötterna, släpade iväg. Drog henne till ett träd och... la henne där.

FL: Mm. Och vad gjorde du mer med henne? Kan du beskriva det?

FE: Vet inte.

FL: Vi har ju hittat spår från dig som tyder på att du gjorde mer med henne.

FE: När jag tog tag i halsen lyckades hon få till en smäll, plus att hon såg till att jag fick näsblod.

FL: Mm. Men vi har även hittat sperma på henne. Kan du berätta hur det kan komma sig?

FE: Ja, jag var i ett stadium som... Det här var inte första gången det hände att jag hamnade i ett sånt stadium. Jag har haft sånt i hela mitt liv, ända sen jag var liten. Kunde använda pinnar och stenar och allt möjligt mot andra barn.

FL: Och vad gjorde du nu, med tjejen?

FE: När jag hade lagt henne på marken började hon vakna till och kämpa emot. Då fick hon tillbaka en smäll på näsan.

FL: Du slog henne på näsan.

FE: Ja, så hon började blöda näsblod hon med.

FL: Slog du med öppen eller knuten hand?

FE: Knuten.

FL: Och vad gjorde du sen?

FE: Ja, och sen... vad ska man säga... hade jag sex med henne.

FL: Du hade sex med henne?

FE: Mm.

FL: Flera gånger eller?

FE: En. Bara en.

FL: Förlåt, vad sa du?

FE: Bara en gång.

FL: Är det vaginalt du menar då eller?

FE: Mm.

FL: Kände du henne, eller visste du vem hon var, innan du...

FE: Nej, jag hade aldrig träffat henne förr.

FL: Du hade aldrig träffat henne förr. Den här impulsen, eller stadiet som du säger, som du hamnade i när du såg henne... Vad var det för impuls? Vad tänkte du då när du såg tjejen första gången?

FE: Jag var arg.

FL: Du var arg.

FE: Mm. Jag hade som... vad ska jag säga... det kändes som att nån annan styrde.

FL: Vad var det för tankar i ditt huvud då?

FE: Det var inte så mycket tankar. Det var mest att jag kände ilska av allt annat.

FL: Kände du ilska när du fick syn på henne?

FE: Nej, jag kände ilska innan, det var därför jag gick iväg från festen.

FL: Och vad händer hos dig då? Vad händer när du får syn på tjejen?

FE: Då blir jag...

FL: Hon går före dig på gångbanan?

FE: Mm.

FL: Och då, vad händer? Hon går före dig och du efter. Så hon har ryggen mot dig.

FE: Mm.

FL: Och vad gör du då?

FE: Tar tag om munnen. Sen lyckas jag trycka ner henne på marken. Sen då så tar jag ett strypgrepp.

FL: Så du har din högra hand runt henne mun. Vad gör du med din vänstra hand då?

FE: Jag har den här och bara trycker ner henne på marken så.

FL: Ja. Men när ni ramlar ner då, hur ramlar hon, och hur ramlar du?

FE: Hon ramlar på rygg. Jag ramlar inte.

FL: Men hur? Ställer du dig ovanpå henne när hon ligger på rygg, och håller du fortfarande handen över hennes mun?

FE: Nej.

FL: Vad gör du då? Hon ligger ner på rygg och du står över henne.

FE: Stryper.

FL: Med dina båda händer eller?

FE: Med båda händerna.

FL: Står du gränsle över henne på knäna?

FE: Vad sa du?

FL: Stod du gränsle över henne? Alltså stod du på knäna över henne eller stod du på dina fötter och tryckte ner henne?

FE: Minns inte riktigt, tror det var på knäna.

FL: Mm. Och sen, hur länge höll du det här strupgreppet som du visade med dina två händer och tummarna mot hennes struphuvud?

FE: En minut ungefär. Som max. Tippar jag på. Det var inte så lång tid i alla fall.

FL: Hann hon säga nånting, eller pratade ni med varandra?

FE: Hon skrek bara "hjälp" innan jag tröck ner henne på marken, och sen blev det tyst när jag höll på att strypa henne.

FL: Gjorde hon fysiskt motstånd?

FE: Ja, hon försökte svinga med armarna.

FL: Skadade hon dig på nåt sätt?

FE: Ja, jag fick en smäll på näsan och näsblod. Det är vad jag fick vid det tillfället.

FL: Och du säger att du ströp henne i ungefär en minut tills hon svimmade.

FE: Ja, hon kämpade inte längre.

FL: Och när hon inte kämpar längre, vad gör du då?

FE: Det är då jag släpar iväg henne med fötterna in i skogs... skogen och lägger henne vid en trädstam.

FL: Hur tar du tag i henne då? Hon ligger på rygg, säger du.

FE: Ja.

FL: Drar du henne på rygg eller vänder du på henne eller hur gör du?

FE: Jag drar henne på rygg.

FL: Du drar henne på rygg.

FE: Mm.

FL: Rakt in i skogen fram till det här trädet som du beskrev?

FE: Mm.

FL: Och sen berättar du också att tröjan har glidit upp så du ser brösten på henne.

FE: Mm.

FL: Var det för att du hade dragit henne, eller var det nånting som du hade...

FE: Nej, för att jag drog henne.

FL: Mm. Och sen då, som du har berättat, så hade du sex med henne.

FE: Mm.

FL: Och hur gick det till då, när du hade sex med henne? Klädde du av henne eller vad hände?

FE: Drog ner hennes trosor.

FL: Hur långt drog du ner hennes trosor?

FE: Till fötterna, typ. Hennes fötter. Över hennes fötter.

FL: Var hon vaken eller avsvimmad när du drog av henne trosorna?

FE: Hon hade vaknat men fått en smäll så hon låg stilla.

FL: Hur gjorde du med dina egna kläder då? Klädde du av dig själv eller vad gjorde du?

FE: Tog bara fram den och stack in.

FL: Låg hon fortfarande på rygg då?

FE: Ja, det var så jag hade lagt henne.

FL: Mm. Och hur var det du sa? Var det vaginalt du genomförde det här samlaget eller var det...

FE: Mm.

FL: Det var vaginalt?

FE: Mm.

FL: Gjorde hon motstånd?

FE: Nej, hon var liksom borta. Inte avsvimmad precis men para...

FL: Paralyserad?

FE: Ja, typ.

FL: Och sen berättar du, när du var... när du var klar så att säga... vad du gjorde då?

FE: Jag gick tillbaka till festen. Eller sprang, för att bilen kom.

FL: Du lämnade henne bara där?

FE: Ja, det var ingen fara med henne då. Hon skulle klara sig.

FL: Hur kunde du avgöra det?

FE: För att hon andades och så.

FL: Mötte du nån när du sprang iväg?

FE: Nej, jag såg ingen.

FL: Och bilen som körde in på parkeringen, hur var det med den?

FE: Den kom när jag hade vänt fram hennes ansikte.

FL: Mm. Kom du i närheten av bilen på parkeringen när du sprang iväg eller…?

FE: Nej, jag tog av åt andra hållet.

FL: Så ingen som befann sig i bilen kunde se dig springa iväg?

FE: Nej, jag var bakom träden hela tiden.

FL: Okej. Ja, då Fabian tycker jag väl att det känns som att vi har klarat ut rätt mycket idag i alla fall.

FE: Ja.

FL: Vi kommer att behöva pratas vid igen, men nu tycker jag att vi avslutar för den här gången.

FE: Mm.

FL: Vi vill ju inte dra ut på det för länge, utan vi vill komma i mål med det så fort som möjligt. Vad bra, då avslutar vi det här förhöret klockan 19.27.

# FRIDA

Jag gissar att det var den tekniska bevisningen i form av sperma och DNA som fick Fabian att erkänna. Det hade troligtvis ingenting med förhörsledarens förhörsmetoder att göra. Men han försökte slingra sig in i det sista. Jag blir så trött på honom när jag läser hur han höll på. Det är ju några år sen det hände nu, men jag hyser inga som helst förhoppningar om att han ska ha förändrats till det bättre sen dess.

Om jag inte älskade honom, skulle jag inte hata honom när han sviker sig själv och beter sig som en jävla idiot och skadar både sig själv och andra. Jag vet att Sören behandlade honom illa när han var liten, men han är vuxen nu, och som vuxen är det hans förbannade skyldighet att göra sig fri från det som hände i hans barndom och sluta framleva sitt liv som en ynklig, ansvarslös liten skit.

Tjejen han våldtog överlevde men är kanske psykiskt skadad för livet. I förhöret finns det inte minsta tecken på att han hyste medkänsla med henne eller ångrade det han hade gjort. Han verkar helt borta. Åh, alla dessa ynkliga våldtäktsmän som inte fattar, eller inte bryr sig om, vad deras hänsynslösa våldshandlingar orsakar!

*Stina och jag sitter på stationen och avrapporterar ett ärende när vi hör på radion att en kvinna har hittats livlös på en parkering. En patrull skickas till platsen och vi ropar in till LKC att vi kan biträda. Det är jag som kör. När vi närmar oss parkeringen håller vi utkik efter personer som rör sig i området och som kan vara intressanta att kontrollera, men vi upptäcker inget avvikande och ansluter till patrullen på plats. När vi kliver ur bilen ser vi en kvinna ligga hopkrupen på den isiga marken. Hon har jackan på*

*sig men inga skor, och hon är helt naken på underkroppen. Ett*
*par byxor ligger slängda i en snödriva en bit därifrån. Det är åtta*
*minusgrader ute och hon är blå om läpparna och skakar av köld.*

# FACEBOOK

## Åsa Westerberg

Logiskt och samordnat?

"Europeiska läkemedelsmyndigheten, EMA, varnar för att ge tilläggsdos alltför ofta då detta riskerar att försvaga immunförsvaret. Istället rekommenderar man att det lämnas mer tid mellan doserna och att de tas inför vintersäsongen på varje hemisfär, rapporterar Bloomberg News.

EMA:s besked kommer efter att flera länder överväger att ge en andra booster för att stärka skyddet i samband med nya snabbspridande omikron-varianten. Ett land som redan är igång med detta är Israel som ger en andra booster till alla över 60 år.

"Boosters kan ges en eller kanske två gånger, men det är inte något som vi tycker borde repeteras konstant", sade Marco Cavaleri på EMA. Enligt honom borde man istället titta på hur man kan övergå från den nuvarande pandemitillvaron till en mer endemisk miljö."

Bra, då vet vi det. Men...

SVT: "Folkhälsomyndigheten sänker tidsintervallet mellan den andra och tredje vaccindosen mot covid-19 från minst fem till minst tre månader, enligt den senaste rekommendationen. Bakom beslutet ligger den kraftiga smittspridningen i hela landet.

– Med en tidigarelagd påfyllnadsdos kan vi lägga ytterligare en broms på smittspridningen, säger stats-epidemiolog Anders Tegnell.

Den tredje dosen, som är en påfyllnadsdos, rekommenderas till alla som är äldre än 18 år.

– Det är bra att ta sin påfyllnadsdos så snart som regionen erbjuder den. Den som både har haft covid-19 och vaccinerar sig har ett mycket bra skydd, det finns ingen anledning att vänta, säger Anders Tegnell."

## Nina Söderblom
Jag försöker verkligen förstå logiken, men det finns ingen! Jag vet att vissa har haft covid 2–3 ggr trots 1–3 doser vaccin, och jag vet att jag själv och många andra ovaccinerade inte varit sjuka i covid en enda gång. Ska då vi, trots välfungerande immunförsvar, tvingas ta sprutor som gör oss sjuka och försämrar vårt immun-försvar? Hur kan det anses öka folkhälsan och minska trycket på vården?

## Alexandra Norberg
Skrämmande hur hjärntvättade folk kan bli!

## Bea Thomsen
Ja, helt sjukt. En del har ju fått vidriga biverkningar som totalt förstört deras liv. Men det är ändå inte vaxxets fel...

## Sten Sture
Har folk tappat förståndet?

## Louise Wahlberg
De flesta har aldrig haft något förstånd, vi som struntade i sprutorna förstod, men vi är bara 20 % av befolkningen.

## Ulrika Eriksson
Eftersom covidvaccinet, som av vissa numera kallas "kvacksinet", har visat sig ha kortvarig effekt och skyddar dåligt mot smitta och sjukdom, krävs det "boosterdoser" som den "sovande" och "hjärntvättade" gruppen som redan är "besprutad" glatt kommer att ta, medan den "vakna" och "medvetna" gruppen fortsätter att vara

"obesprutad" och "vaccinfri" – inte "ovaccinerad" för det låter som en brist – och går och väntar på "det stora uppvaknandet". Så ser läget ut just nu.

**Sofia Nordkvist**
Från och med idag räknas covid-19 inte längre som en samhällsfarlig sjukdom i Danmark. Alla corona-restriktioner har slopats – trots den ökande smitt-spridningen.

**Gudrun Hagström**
SVT: "Smittspridningen av covid-19 fortsätter att öka i snabb takt i Sverige. Samtidigt är drygt 13 procent av de som kan vaccinera sig, ovaccinerade.

– Följdeffekterna blir att vi kommer behöva fortsätta ha en hel del restriktioner och regler som gör att man inte kan leva som innan pandemin, säger stats-epidemiolog Anders Tegnell."

MIN KOMMENTAR: Det är alltså de ovaccinerades fel att vi måste ha restriktioner, fast det till största delen är de vaccinerade som blir sjuka och sprider smittan?

"Enligt Folkhälsomyndigheten finns det en koppling mellan socialt utsatta grupper och en låg vaccinations-vilja, men orsakerna till att man inte vill vaccinera sig varierar.

– Det finns grupper där vi vet att vi har svårt att nå fram, oavsett vilken typ av budskap det gäller inom folkhälsoområdet. Det kan handla om alltifrån rökning till alkohol, säger Anders Tegnell."

MIN KOMMENTAR: Det är alltså skadligt att vara ovaccinerad?

"Bland vissa ovaccinerade är rädslan för biverkningar av vaccinet en viktig orsak till att man avstår från vaccin. Av de drygt 96 000 rapporter om misstänkta biverkningar som har kommit in till Läkemedelsverket bedöms 90 procent som lindriga och drygt 10 procent bedöms som allvarliga."

MIN KOMMENTAR: Enligt en allmänt vedertagen upp-skattning inrapporteras cirka 5 % av alla biverkningar. Enligt officiella siffror har hittills bara en liten del av de inrapporterade fallen utretts.

"Av de inrapporterade allvarliga biverkningarna berör 369 rapporter dödsfall, där det misstänks att vaccinerna eventuellt skulle kunna ha ett samband med dödsfallet. Men Läkemedelsverket kan inte säga hur många som har avlidit på grund av vaccinationerna."

MIN KOMMENTAR: Nej, korrekta siffror på detta kommer vi aldrig att få.

"Anders Tegnell känner inte till något fall där misstänkta biverkningar av vaccin upptäcks flera år efter injektion."

MIN KOMMENTAR: Vaccinerna mot covid-19 bygger på mRNA-tekniken som aldrig har godkänts för mänskligt bruk tidigare. De går inte att jämföra med de traditio-nella vaccinerna.

"– Vaccin har extremt sällan långsiktiga biverkningar. Att man skulle få symtom åratal efter en vaccination har aldrig hänt och det är väldigt svårt att förstå hur det rent medicinskt skulle gå till, säger han."

MIN KOMMENTAR: Nej, det är klart att det aldrig har hänt, eftersom den här sortens vaccin aldrig har använts tidigare. Hur de rent medicinskt skulle kunna ge lång-siktiga biverkningar – alltså SKADOR, inte "symtom" – finns det många studier som förklarar.

**Jerry Selander**
Klockrent! Synd bara att han får stå i tv och snacka skit helt oemotsagd!

**Jennifer Andersson**
Och detta känner han tydligen inte till (eller skiter i): "Myokardit/perikardit (som det är konstaterat att vaccinet har orsakat), ger upphov till en ärrvävnad av fibros i hjärtat, eftersom hjärtceller under inflammationen dör och eftersom dessa inte ersätts av kroppen, i motsats till i många andra organ. Och den här komplikationen kan ge arytmier och andra problem längre fram i pojkarnas liv, vilka kräver sjukhusvård och ibland till och med intensivvård. Och inte bara det; en tioårsuppföljning har visat att de som haft myokardit har en 100 procent högre risk att dö jämfört med friska kontroller." (Ur Läkarupropet)

**Sofia Nordkvist**
Också i tv fick överläkare Johan Styrud frågorna hur länge dos tre är effektiv och hur många som har dött av vaccinet. Hans svar på den andra frågan var att "en handfull" har dött av vaccinet.

**Ernst Isaksson**

Jag anser att FHM dribblar bort oss med sitt prat om antalet avlidna och huruvida dödsfallen verkligen beror på vaccinet. Narkolepsisjuka och neurosedynskadade dog inte, men deras liv blev förstörda. Jag anser att man flyttar fokus från de snart 9 000 med svåra biverkningar genom att snabbt tala om dödsfallen istället. Jag misstänker att det bland dessa 9 000 skadade döljer sig den största läkemedelsskandalen i Sveriges historia. Till detta kommer en försiktig uppskattning att bara en biverkan på tio anmäls. I så fall är det upp emot en miljon människor i Sverige som fått biverkningar. Kanske fler.

# FRIDA

Vi fortsätter oförtrutet att prata med personer i Ellens bekant-skapskrets. Hittills har det inte gett önskat resultat, men så länge Ellen vägrar kommunicera med oss, och inga nya vitt-nen träder fram, är det i stort sett den enda framkomliga väg vi har. Jag har lite svårt att tro att det ska ge utdelning, för det vi behöver för att komma vidare är teknisk bevisning och vitt-nen från brottsplatsen, och det lär vi knappast få fram genom nuvarande åtgärder.

Ellen och jag har varit vänner sen tonåren, och det som har hänt nu är helt obegripligt för mig. Med min kännedom om henne kan det bara inte stämma att hon har dödat en annan människa. Det är helt uteslutet.

Hon var så orolig och förtvivlad hela tiden medan hennes man var sjuk. Hon anklagade sig själv för att inte ha varit tillräckligt bestämd när hon avrådde honom från att ta vaccinet. Men jag vet hur han var. Han tyckte bara att hon överdrev och oroade sig i onödan när hon påpekade att det kunde ge biverkningar. Hon skulle inte ha kunnat få honom att ändra sig vad hon än hade gjort.

Det var så hemskt det som pågick. Regeringen och myndigheterna ville ställa en stor del av Sveriges befolkning utanför samhället. Dom höll presskonferenser varje vecka där dom pekade ut oss, hotade oss, hatade oss och skapade drev mot oss. Dom införde häpnadsväckande, ja rent kriminella, åtgärder mot oss och gav oss skulden för att människor blev sjuka, trots att vi var helt friska. Detta enbart på grund av vårt motstånd mot att använda ett ännu icke godkänt experimentellt vaccin som ingen visste effekterna av på människors hälsa. Vi var friska, arbetsföra, skattebetalande människor, men vi var inte längre önskvärda i samhället.

En väninna till mig reste till Thailand och kom hem och var smittad trots sina tre doser. Jag, som inte har tagit en enda spruta och har hållit mig inom Sveriges gränser och skött avstånden alldeles lagom, har klarat mig utan sjukdom och förkylningssymtom i över två år. Jag arbetar i en butik och träffar många människor varje dag men har ändå inte blivit smittad. Min sambo däremot, som har tagit tre doser, har varit småkrasslig hela tiden och rejält sjuk en gång i höstas. Ändå är det *jag* som är hotet mot alla i och med att jag inte är vaccinerad! Var är logiken? Var är det sunda förnuftet?

Jag berättade för Ellen att nära anhöriga till personer som har dödats genom en brottslig handling har rätt till skadestånd för "fysiskt och psykiskt lidande av övergående natur", som det heter, så kallad sveda och värk. Skadeståndslagen ger inga anvisningar om hur ersättningen för sveda och värk ska beräknas, men Högsta domstolen har godtagit ett den bestäms schablonmässigt. Enligt nuvarande praxis har en närstående till en person som har dödats genom en uppsåtlig handling rätt till 60 000 kronor. "Den ersättningen borde du begära!" sa jag till henne. "Det borde alla, som är anhöriga till personer som har dött av vaccinet, göra!"

När ska världens regeringar och myndigheter erkänna sitt enorma misstag och grova brott mot mänskligheten? Hur många måste skadas och dö innan det händer? Finns det verkligen ingen som kan dra i nödbromsen och få stopp på detta vansinne?

Ellen och jag pratade ofta om det, och jag hoppas att det hjälpte henne lite att få ventilera sina känslor. Hon kände sig så maktlös och förtvivlad när Erik bara blev sämre och sämre och ingen kunde hjälpa honom. Samtidigt var hon arg på honom för att han hade vaccinerat sig, men det kunde hon ju inte visa honom.

Och nu är han död, och hon själv är misstänkt för att ha dödat en arbetskamrat! Det är helt obegripligt och knappt värt att kommentera ens, eftersom det är så otroligt dumt. Polisen måste ha misstagit sig, och det är allt jag har att säga om saken.

# FRIDA

I brottmål är ett erkännande inte bindande utan bara ett bevis bland andra, och domstolen måste bedöma om det är ställt utom rimligt tvivel att den misstänkte har begått den påstådda gärningen. Vid lindriga brott kan ett erkännande ensamt räcka för en fällande dom, men vid grova brott krävs samverkande bevisning och erkännandet måste prövas.

Vid prövningen bedöms erkännandets rimlighet, hur bra berättelsen stämmer överens med övrig bevisning, om erkännandet är spontant och utan påverkan från förhörsledaren, om det inte finns några alternativa motiv för erkännandet, hur detaljrik berättelsen är och om den misstänkte lämnar uppgifter som bara den skyldige skulle kunna känna till. Den misstänktes känsloyttringar vid erkännandet bedöms också, och berättelsen ska vara konstant vid olika förhörstillfällen och inte ändras om den ifrågasätts. Men är den helt identisk vid varje tillfälle kan den befaras vara inlärd.

Hur skulle jag gå till väga om det var jag som förhörde Ellen? Det funderar jag ganska mycket på, och jag hoppas att jag ska få chansen att testa mina teorier. Jag skulle i alla fall inte att använda mig av en konfrontativ och erkännandeinriktad teknik, eftersom jag vet att en empatisk förhörsstil oftast fungerar bättre än en dominant. Om man kan skapa en vänlig och personlig atmosfär som känns naturlig och inbjuder till samarbete har man vunnit mycket, och det skulle jag definitiv försöka göra.

Ett erkännande, även om det inte räcker för en fällande dom, skulle ändå kunna hjälpa oss att förstå och kanske hitta nya infallsvinklar och bevis. Hittills är det två manliga kolleger som har turats om att försöka få Ellen att berätta, men det skulle kanske gå bättre med en kvinna, tänker jag, och den tanken har jag bestämt mig för att lägga fram för gruppen.

# FACEBOOK

## Anders Blomqvist
Kopierat från "Leifs värld": "Svenska myndigheter stoppar en jättestudie som skulle jämföra effektivitet och säkerhet av de godkända vaccinen mot covid-19. Invändningarna var bland annat att studien kan minska viljan att vaccinera sig. Beslutsfattande enhetschef på Läkemedelsverket som slutligen stoppade studien kommer tidigare från AstraZeneca. Ett av de bolag vars vaccin skulle jämföras. Också det bolag som förmodligen skulle ha mest att förlora på en sådan studie, då AstraZenecas vaccin hittills verkar vara det som har haft mest problem med effektivitet och säkerhet. Etikprövningsmyndigheten stoppade studien med hänvisning till att en studie skulle kunna minska viljan att vaccinera sig och att det vore oetiskt. Kunskap om ett vaccin som befolkningen ska ta skulle alltså vara oetiskt. Man skulle kunna tycka tvärtom, att det vore oetiskt att inte ta fram kunskap om ett vaccin som ska gå ut till en hel befolkning."

## Sten Sture
I mina öron låter det som att de redan vet att effekten av svaren skulle bli att färre vill vaxxa sig. Tilltron till myndigheterna kommer kanske aldrig att återhämta sig.

## Folke Hjelm
I ett öppet demokratiskt samhälle borde det naturligtvis finnas en offentlig debatt mellan berörda experter, allmänhet och beslutsfattare på olika nivåer, med journalister som ingående utforskar alla sidor av saken, som noga granskar alla relevanta studier av vaccinerna och förhållandet mellan risk och nytta. Men den i stort sett obefintliga debatten drivs uppenbarligen inte av

kritiskt tänkande och förnuftiga överväganden, utan snarare av rädsla, av en vilja hos beslutsfattarna att visa sig handlingskraftiga trots otillräcklig kunskap och inte minst av mediernas och marknadsföringens enormt styrda inflytande.

### Peter Jones

Professor Ehud Qimron, head of the Department of Microbiology and Immunology at Tel Aviv University and one of the leading Israeli immunologists, has written an open letter sharply criticizing the Israeli – and indeed global – management of the coronavirus pandemic: "Ministry of Health, it's time to admit failure In the end, the truth will always be revealed, and the truth about the coronavirus policy is beginning to be revealed. When the destructive concepts collapse one by one, there is nothing left but to tell the experts who led the management of the pandemic – we told you so.

Two years late, you finally realize that a respiratory virus cannot be defeated and that any such attempt is doomed to fail. You do not admit it, because you have admitted almost no mistake in the last two years, but in retrospect it is clear that you have failed miserably in almost all of your actions, and even the media is already having a hard time covering your shame.

You refused to admit that the infection comes in waves that fade by themselves, despite years of observations and scientific knowledge. You insisted on attributing every decline of a wave solely to your actions, and so through false propaganda "you overcame the plague." And again you defeated it, and again and again and again.

You refused to admit that mass testing is ineffective, despite your own contingency plans explicitly stating so

("Pandemic Influenza Health System Preparedness Plan, 2007", p. 26).

You refused to admit that recovery is more protective than a vaccine, despite previous knowledge and observations showing that non-recovered vaccinated people are more likely to be infected than recovered people. You refused to admit that the vaccinated are contagious despite the observations. Based on this, you hoped to achieve herd immunity by vaccination – and you failed in that as well.

You insisted on ignoring the fact that the disease is dozens of times more dangerous for risk groups and older adults, than for young people who are not in risk groups, despite the knowledge that came from China as early as 2020.

You refused to adopt the "Barrington Declaration", signed by more than 60,000 scientists and medical professionals, or other common-sense programs. You chose to ridicule, slander, distort and discredit them. Instead of the right programs and people, you have chosen professionals who lack relevant training for pandemic management (physicists as chief government advisers, veterinarians, security officers, media personnel, and so on).

You have not set up an effective system for reporting side effects from the vaccines, and reports on side effects have even been deleted from your Facebook page. Doctors avoid linking side effects to the vaccine, lest you persecute them as you did with some of their colleagues. You have ignored many reports of changes in menstrual intensity and menstrual cycle times. You hid data that allows for objective and proper research (for example, you removed the data on passengers at Ben Gurion Airport).

Instead, you chose to publish non-objective articles together with senior Pfizer executives on the effectiveness and safety of vaccines.

Irreversible damage to trust

However, from the heights of your hubris, you have also ignored the fact that in the end the truth will be revealed. And it begins to be revealed. The truth is that you have brought the public's trust in you to an unprecedented low, and you have eroded your status as a source of authority. The truth is that you have burned hundreds of billions of shekels to no avail – for publishing intimidation, for ineffective tests, for destructive lockdowns and for disrupting the routine of life in the last two years.

You have destroyed the education of our children and their future. You made children feel guilty, scared, smoke, drink, get addicted, drop out, and quarrel, as school principals around the country attest. You have harmed livelihoods, the economy, human rights, mental health, and physical health.

You slandered colleagues who did not surrender to you, you turned the people against each other, divided society and polarized the discourse. You branded, without any scientific basis, people who chose not to get vaccinated, as enemies of the public and as spreaders of disease. You promote, in an unprecedented way, a draconian policy of discrimination, denial of rights and selection of people, including children, for their medical choice. A selection that lacks any epidemiological justification.

When you compare the destructive policies, you are pursuing with the sane policies of some other countries – you can clearly see that the destruction you have caused has only added victims beyond the vulnerable to the virus. The economy you ruined, the unemployed you caused, and the children whose education you destroyed – they are the surplus victims as a result of your own actions only.

There is currently no medical emergency, but you have been cultivating such a condition for two years now because of lust for power, budgets, and control. The only emergency now is that you still set policies and hold huge budgets for propaganda and psychological engineering instead of directing them to strengthen the health care system.

This emergency must stop!"

Professor Udi Qimron, Faculty of Medicine, Tel Aviv University

**Bea Thomson**
Dom kommer aldrig att erkänna. Inte i Israel, inte i Sverige och inte i nåt annat land heller. Men anklagelserna är tydliga och går inte att motbevisa.

**Camilla Ståhlberg**
Lyssna på Reiner Fuellmich: How a Grand Jury Will Prosecute Covid Crimes. Det har börjat nu.

**Bea Thomson**
Men dom kommer inte att lyckas.

**Camilla Ståhlberg**
Det kan man inte veta.

**Bea Thomson**
Jo, övermakten är för stor.

# FRIDA

Vi har kommit överens om i utredningsgruppen att jag ska göra ett försök med Ellen. Det är ju inte första gången jag förhör henne, men den gången visste hon inte att hon var misstänkt och svarade på alla frågor. Sen dess har hon bara kommunicerat med sitt ombud och knappt det.

Under förhöret får jag inte ljuga och till exempel påstå att vi har bevisning som inte finns. Jag får inte heller lova eller locka henne med särskilda förmåner. Och det är inte tillåtet att genom olika uttröttningsmetoder, som till exempel utebliven mat eller vila, lura en person att erkänna. Jag får inte heller hota eller på annat sätt tvinga fram ett erkännande.

Frågor som är snärjande eller krångligt formulerade med syftet att lura den misstänkte att säga emot sig själv är inte tillåtna. Men det är inte förbjudet att upprepa frågor som den misstänkte inte vill besvara, eller att flera poliser ställer samma fråga, ifrågasätter den misstänktes berättelse eller påpekar när vederbörande säger emot sig själv.

Att berätta saker som pekar mot att den misstänkte är skyldig, om det är sant, är inte heller förbjudet. Man får använda vad man vet om den misstänkte för att få vederbörande att berätta. Om jag till exempel har uppgifter om att en man har varit på en viss plats vid ett visst klockslag, men han inte vet att jag har den informationen, är det inte taktiskt att fråga: "Hur förklarar du det här?" Istället frågar jag om han har varit där, och om han då ljuger kan jag på ett strategiskt vis, och vid rätt tidpunkt, presentera delar av den information jag har som motbevisar hans påstående.

Det kan också vara okej med ledande frågor till en misstänkt, men inte till ett vittne eller en målsägande. Det är skillnad på att förhöra en misstänkt och ett vittne, även om det i båda fallen går ut på att få fram så mycket information som möjligt.

Jag har funderat på hur jag ska lägga upp det. Jag måste hitta en ingång. Jag måste ta reda på vad det är som blockerar henne och komma förbi den blockeringen.

Är det en ingång att be henne berätta hur hon upplever tillståndet i samhället och världen just nu?

Är det en ingång att be henne berätta om makens sjukdom och död?

Är det en ingång att be henne berätta mer om Otto?

Vad har hon störst behov av att prata om?

Enligt regelboken ska man, för att vinna en misstänkts förtroende, vara personlig men inte privat. Hitta ett gemensamt intresse att prata om. Vara objektiv och respektfull. Visa genuint intresse för vederbörande som person.

Ja, det ska jag väl klara av. Vi är motståndare till covid-19-vaccinet båda två, och det kan jag berätta för henne. Det borde ge ett bra utgångsläge. Och att jag är intresserad av vad hon har att säga, både om pandemin och annat, behöver jag inte anstränga mig för att lyckas övertyga henne om, för det är jag, och ett äkta intresse från en människa som är beredd att lyssna med medkänsla och förståelse är det inte många som kan motstå.

Men först måste jag utjämna maktförhållandet mellan oss. Själv innehar jag en yrkesmässig och styrande roll, medan hon är i det närmaste tvingad att stå till förfogande för förhör. Även om hon är i sin fulla rätt att vägra yttra sig, precis som hon hittills har gjort, måste hon vara fysiskt närvarande. Därför måste jag ge henne en känsla av att jag respekterar henne och är ärligt intresserad av henne som person. Det är hon som sitter inne med den information jag vill ha, och för att få henne att känna förtroende för mig måste jag skapa en öppen och positiv atmosfär som får samtalet att flöda fritt mellan oss på en jämlik nivå.

Det bästa är om jag kan få henne att berätta fritt. Fritt berättande skapar fler sökningar i minnet och ger därför mer information. Det har dessutom ett högre bevisvärde. Om hon bara svarar på mina frågor är risken stor att viktiga delar inte kommer med. Jag missar kanske att fråga om omständigheter och detaljer som egentligen är relevanta, och som hon själv skulle ha tagit upp om mina frågor inte hade styrt henne.

Jag hade föredragit att hålla förhöret med Ellen hemma hos henne, i hennes lägenhet, för att om möjligt få henne att känna sig tryggare och mer avspänd, men hon insisterade på att få komma till polishuset, så vi höll till i mitt tjänsterum och utan närvaro av advokat. Det visade sig att hon inte kände förtroende för sitt ombud på det "personliga planet", som hon uttryckte det, och ville träffa mig ensam. Är det ett gott tecken? tänkte jag. Ska jag lyckas få henne att bryta tystnaden nu när hon inte är frihetsberövad längre och kanske känner sig lite säkrare? Eller blir effekten den rakt motsatta, att friheten gör henne ännu mer benägen att hålla fast vid sin rätt att tiga? Men jag hade min strategi klar och hoppades att mitt beslut att berätta var jag själv står när det gäller covidvaccineringen, och att ta upp frågan om myndigheternas hantering av pandemin, skulle få henne att känna förtroende för mig och kanske öppna sig. Innan jag satte igång inspelningen berättade jag alltså att jag har valt att inte vaccinera mig mot covid-19. När hon frågade varför berättade jag det också. "Det var skönt att höra", sa hon. "Då vet jag att du förstår."

ELLEN HAGLUND

Jag fattar inte vad det var som hände med hela världen och alla människor när pandemin kom. Det är helt obegripligt. Och jag kan inte glömma hur det blev. Jag minns nedstängningarna och restriktionerna, jag minns protesterna och manifestationerna mot vaccinpassen, och jag minns hur man använde smittspridningen av den nya virusvarianten omikron för att skrämma människor till att ta fler sprutor och skrämma stater att införa inhumana och diskriminerande åtgärder i samhället. Jag minns också när den dåvarande kulturministern Amanda Lind sa, i samband med att vaccinbevisen skulle införas, att "ingen vaccinerad ska behöva sitta nära en ovaccinerad", och på så sätt bidrog till diskrimineringen av ovaccinerade, och jag minns när Europeiska kommissionens ordförande Ursula von Leyen sa att hon ville införa tvångsvaccinering. Jag minns också när Sveriges vaccinsamordnare Richard Bergström sa att en och en halv miljard människor har fått mRNA-vacciner utan några allvarliga biverkningar eller problem och uppmanade alla ovaccinerade att omedelbart låta sig vaccineras, trots att nästan 87 000 biverkningar vid det laget hade inrapporterats i Sverige och över 300 människor hade dött av vaccinet. Och jag minns när socialminister Lena Hallengren sa, i samband med att omikron började spridas, att den som är ovaccinerad bidrar till smittspridningen mer än andra, och på så sätt lurade folk att tro att vaccinerna skyddar mot smitta och att ovaccinerade smittar utan att vara sjuka. Och i samband med en pressträff dagen före julafton sa hon, apropå den planerade nationella vaccinationsveckan som ska komma nu i mars, och som ska hjälpa regionerna att få alla ovaccinerade som inte är "lika lättflirtade" att vaccinera sig, att "det handlar om att göra hemläxan och försöka kartlägga vilka som inte är vaccinerade, var de bor, vad de gör, hur gamla de är". Och jag minns när statsminister Magdalena Andersson dagarna före jul stod i teve och uppmanade alla ovaccinerade att omedelbart gå och vaccinera sig och alla dubbelvaccinerade att gå och ta den tredje sprutan, för "nu behöver vaccinet komma ut från regionernas lager och in i armarna på svenska folket". Det lät som om det största problemet var att det fanns ett överskott av vaccin som man behövde bli av med. Och ordvalet "in i armarna på svenska folket" lät nästan äckligt, som om vi var en stor, homogen boskapshjord utan egen vilja som myndigheterna kunde använda sig av för att få problemet med vaccinöverskottet löst. Som nytillsatt statsminister uppmanade hon oss först att ta en "krampaus" för att minska smittspridningen, sen att fortsätta med sprutorna för att skydda oss mot "allvarlig sjukdom och död". Risken för allvarlig sjukdom och död på grund av vaccinerna nämnde hon däremot inte. Hon utelämnade stora delar av sanningen helt medvetet och uppmuntrade diskrimineringen av ovaccinerade. Det Otto satt och hävde ur sig på jobbet om samma sak gjorde han kanske bara av okunnighet och dumhet, men det statsministern stod och sa på presskonferenserna berodde inte på det.

Jag minns allt så bra därför att myndigheternas inställning och agerande kom som en chock för mig. Deras ord etsade sig fast och gick inte att glömma. Så småningom slutade jag lyssna på presskonferenserna eftersom jag inte stod ut med falskheten och lögnerna. Det var en plåga som jag bestämde att jag inte behövde utsätta mig för. Jag plågades tillräckligt ändå av att se Erik bli sjukare och sjukare av det nödgodkända vaccinet som myndigheterna mot bättre vetande fortsatte att försöka tvinga alla att ta.

Jag levde med en ständig klump av gråt i halsen och med en fruktansvärd ilska och känsla av vanmakt, sorg och förtvivlan. Det blev nästan ingen sömn. Jag somnade kanske en liten stund men vaknade snart igen och mindes vilken mardröm vi levde i. Jag försökte behärska oron och vara konstruktiv och förnuftig, men tankarna virvlade bara runt i huvudet och koncentrerades kring en enda fråga: Kommer Erik att bli frisk igen? Jag kämpade för att hålla paniken ifrån mig, men då och då brast spärrarna, och oron, ovissheten och rädslan sköljde över mig som en het våg.

Ibland kände jag en fruktansvärd frustration och ilska mot alla som försökte tvinga oss till saker som inte var rätt. Ibland ville jag bara ställa mig upp och skrika. Sluta ljug oss rakt upp i ansiktet! Sluta med den här vansinniga masstestningen och massvaccineringen som ändå inte hjälper! Sluta behandla oss som idioter! Det kändes så kränkande att bli betraktad som en dumskalle som man kan lura i vad som helst när det var myndigheterna själva som, i bästa fall, var helkorkade och grundlurade och, i sämsta fall, medvetet och kallt beräknande utsatte oss för livsfara.

Sen, när Erik var död och allt var för sent och omikron kom och smittan började skena och alla måste testa sig in absurdum och sitta i karantän så att det blev personalbrist överallt och det blev så tydligt att vaccinet inte hjälpte och att vaccinpass och skärpta restriktioner inte hjälpte och att testerna inte var tillförlitliga och att omikron inte var värre än en vanlig säsongsinfluensa och media började skriva att sjukvårdens statistik över covidsjuka var missvisande och att för täta påfyllnadsdoser inte var bra att ta eftersom det ansågs försämra immunförsvaret och myndigheterna trots allt detta bara fortsatte att tiga om alla biverkningar som folk hade drabbats av och till och med dött av och fortsatte att tjata om nyttan av att ta alla sprutorna, ja, då började dom framstå som löjliga och nästan skrattretande, och deras lögnaktiga representanter började se ut som skamsna hundar vid pressträffarna, för då gick det knappt att dölja längre vilket enormt fiasko alltihop var.

# FRIDA

I Storbritannien måste polisen enligt lag spela in alla förhör med misstänkta. Så är det inte i Sverige. Vi har ingen lag som säger att förhör ska ljud- eller videoinspelas i sin helhet, och utredarna har ingen särskild utbildning i hur förhör ska dokumenteras. Lagen ger bara allmänna anvisningar. Förhörsledaren får själv avgöra vilken form av förhör och dokumentationssätt som ska användas för att i varje enskilt fall passa den misstänkte. En del misstänkta blir till exempel väldigt störda av pågående diktering under förhöret, och då är det bättre att sammanfatta det i efterhand. Ur kvalitativ synpunkt är det inte heller bra om förhörsledaren tvingar sig själv att använda en metod som inte passar vederbörande personligen.

Enstaka gånger är förhörsutskriften en ordagrann transkription, men oftast är den en sammanfattning. Det är vi själva som skriver utskrifterna som sen skickas till åklagaren och används som underlag för beslutet om huruvida åtal ska väckas eller ej. Är allt som sagts dokumenterat, alla relevanta frågor ställda och den misstänkte har fått redogöra för vad han eller hon menat, kommer man att sätta hög tilltro till det som står i förhöret. Ett dåligt dokumenterat förhör med stora brister kommer kanske däremot att sakna nästan all betydelse i sammanhanget.

Lagen säger att den hörde ska godkänna vad som sagts vid förhörets slut. Det betyder att den skriftliga dokumentationen eller det muntliga godkännandet måste ske under själva förhörssamtalet. En ensam förhörsledare måste alltså hantera två parallella aktiviteter ungefär samtidigt: att föra ett samtal och att göra en sammanfattning av det.

Ett förhör kan dokumenteras på tre sätt – som dialogförhör, referatförhör eller blandat förhör.

Förhör som dokumenteras genom en ljud- eller bildupptagning skrivs ut ordagrant från ljudbandet. Man hör exakt hur förhörsledaren formulerar sina frågor, och man hör exakt vad den hörde svarar, vilket ger det ett högt bevisvärde. Fördelen med att spela in är att man i efterhand kan kontrollera in i minsta detalj vilka uppgifter en person har lämnat, och att den inspelade utsagan därför ger ett bättre underlag för bedömning än vad till exempel ett referatförhör gör.

Ett referatförhör, eller ett sammanfattande förhör, innebär att utredaren skriftligen sammanfattar vad som har framkommit under förhöret. Men när det sagda ska omformuleras till en sammanhängande berättelse finns det alltid en risk att nyanser i utsagan går förlorade eller får ett annat innehåll. Det är oundvikligt att referatet delvis kommer att spegla utredarens personliga uppfattning om vad en person har sagt och menat och alltså inte exakt återger verkligheten. Noteringarna som har gjorts av förhörsledaren under förhöret kan ha blivit missvisande utan att det framgår av anteckningarna. Förhörsledaren kan ha missuppfattat den hörde, lagt orden i munnen på honom, utövat påtryckningar eller dragit fördel av att personen i fråga varit drog- eller alkoholpåverkad eller blivit psykiskt svag efter en tids frihetsberövande och därför är beredd att säga i stort sett vad som helst för att bli försatt på fri fot. En annan sak som ofta försvinner eller reduceras i det skrivna referatet är alla känslouttryck som ett vittne eller den misstänkte eventuellt uppvisar under förhöret.

I ett blandat förhör varvas sammanfattning med dialogförhör så att det till exempel övergår från sammanfattande brödtext till renodlad transkription uppställd som dramadialog.

Vilken dokumentationsmetod man vill använda är alltså varje förhörsledare fri att själv bestämma.

Man kan göra sammanfattningen direkt under förhöret, genom att samtidigt skriva in den på en dator.

Man kan också använda sig av metoden fråga – svar – nedteckning för hand. Nedteckningen kan göras samtidigt som förhöret pågår, om förhörsledaren har bra simultanförmåga.

En variant är att förhörsledaren först skriver och därefter mer eller mindre ordagrant läser upp det nyss sammanfattade för bekräftelse.

Det händer att två poliser närvarar vid förhöret, och då tar den ena huvudansvaret för samtalet medan den andra står för nedteckningen. Den förhörande polisen tar ibland pauser för att låta kollegan hinna med och skriva färdigt.

Ett alternativ är att spela in förhöret och använda inspelningen för att producera en förhörsutskrift.

Själv använder jag mig alltid av det alternativet. Jag spelar in allt som sägs, och efter förhöret formulerar jag en muntlig sammanfattning som den hörde får bekräfta. Sen transkriberar jag ordagrant eller gör en skriftlig sammanfattning efteråt.

Det har visat sig att om man låter bli att protokollera under själva förhöret kan förhörstiden kortas ner till ungefär hälften. Å andra sidan tar en timmes förhör mellan två och tre timmar att sammanfatta i efterhand, och det tar över sju timmar att skriva ut det ordagrant. I många fall kan det ändå vara värt den tiden, eftersom förhörskvaliteten blir bättre då.

Min strategi fungerade. Jag lyckades få Ellen att bryta tystnaden. När hon väl hade bestämt sig för att inte tiga längre, var det som att öppna en dammlucka. Jag hade nästan svårt att hänga med i ordflödet. Jag spelade in det i vanlig ordning, för även om det hon sa inte handlade om brottet hon är misstänkt för, kan det ge en bakgrund till det hon kanske avslöjar i kommande förhör.

Jag iakttog hennes minspel, hållning, rörelser och tonfall. Mitt aktiva lyssnande visade jag förhoppningsvis genom öppen kroppshållning, deltagande mimik och stadig ögonkontakt. Det var inget jag satt och tänkte på, men det är så ett äkta intresse brukar yttra sig. Och hennes sorg och förtvivlan påverkade mig. Jag tappade distansen och blev känslomässigt berörd. Hennes känslor och erfarenheter är kanske för lika mina egna för att jag ska vara helt på den säkra sidan när jag lyssnar på henne. Jag får vakta på mig själv så att jag inte förlorar objektiviteten.

Hon nämnde Otto. Det hade jag inte väntat mig att hon skulle göra. Det var som om hon trodde att hon redan hade berättat för oss vad han brukade sitta och "häva ur sig" på jobbet. Men det har hon faktiskt inte gjort. Vi har fått veta det av andra, men inte av henne. Betyder det att hon har sänkt garden ytterligare nu?

Vid kommande förhör tänker jag hålla fast vid taktiken att ställa så få frågor som möjligt för att inte riskera att hon sluter sig igen. Det verkar fungera bra att låta henne prata fritt, så det kommer jag att låta henne göra så länge det går. Ju mer hon berättar för mig, vad det än handlar om, desto viktigare blir jag för henne, och det kan komma till nytta när vi till slut är framme vid den avgörande punkten. Jag känner mig lite falsk, eftersom jag hela tiden har vissa baktankar med det jag gör, men hon såg att jag fick tårar i ögonen när jag lyssnade på henne, och det tycker jag kan uppväga lite – och kanske samtidigt öka hennes förtroende för mig.

Carinas mamma har hört av sig igen. Den här gången ringde hon och bad att få träffa mig. Hon lät spänd, och jag antar att det är Kristoffer och barnen hon fortfarande oroar sig över, men jag frågade inte vad saken gällde. Jag vet inte hur lång tid av straffet han har kvar, men jag tror inte att han har avtjänat kvalifikationstiden än, så han kan inte bara dyka upp i när som helst, om det är det hon är rädd för. Det kan jag berätta för henne, men för övrigt är det nog inte mycket jag kan göra för att lugna och hjälpa henne.

Du kände Carina. Du var hennes vän. Hon fick vara med i din bok och du försökte hjälpa henne. Det berättade hon för mig. Du visste vad Kristoffer utsatte henne för, och du vet hur det slutade. Du vet vad han är kapabel till. Du känner inte Pernilla och barnen, och du känner inte mig, men du vet vilken situation vi befinner oss i och att Pernilla behöver stöd och hjälp av mig.

Jag vet att du har dödat en annan människa och inte blev dömd för det därför att det fanns förmildrande omständigheter. Så hoppas jag att det ska bli för mig också. Kristoffer får gärna tro att det var han som dödade Carina, för det gjorde han ju på sätt och vis. Men det var jag som hjälpte henne över gränsen. Det var jag. Jag orkar inte bära på det längre. Jag måste få berätta. Jag vet att det jag gjorde är ett brott, men det är inte så det känns. Hur kan det vara brottsligt att hjälpa sitt barn att slippa lida? Det är väl dödshjälp eller barmhärtighetsmord? Jag har inga skuldkänslor och jag har inte ångrat det, men det har varit tungt att bära på helt ensam, och därför berättar jag det för dig nu. Mejlet jag skickade till dig förut var ett första steg mot det här, men det begrep jag inte själv just då. Du tycker kanske att det är konstigt att jag lägger mitt öde i dina händer på det här viset, men jag behöver att en annan människa vet vad jag har gjort och kanske förstår det. Det finns absolut inga bevis mot mig, så egentligen riskerar jag ingenting genom att göra så här. Jag har allt att vinna och ingenting att förlora.

Genom bristande syretillförsel hade Carina fått en hjärnskada till följd av Kristoffers misshandel. Hon var hela tiden medvetslös, och läkarna sa att det inte var omöjligt att hennes hjärnskada plötsligt skulle kunna försämras så att hon dog.

Först låg hon i respirator och var djupt medvetslös. Sen flyttades hon från IVA till en vårdavdelning, men hon var fortfarande i koma. I början trodde jag att det fanns en liten chans att hon skulle vakna upp och bli bra igen, men för varje dag som gick insåg jag mer och mer att den chansen inte fanns. Jag pratade med läkarna, och dom sa att prognosen var dålig och att hon sannolikt skulle dö inom sex månader. En sjuksköterska förberedde mig till och med på att behandlingen hon fick skulle kunna avbrytas. Hon var inte hjärndöd, men efter hjärtstilleståndet på tre, fyra minuter som hon hade vid intagningen, och den långa koman efteråt, så var prognosen jättedålig. Om hon vaknade upp skulle hon troligtvis få framleva sina dagar sängliggande eller i bästa fall i rullstol och kunna få epilepsianfall när som helst.

En annan läkare sa att man aldrig ska ge upp, för det kunde finnas en teoretisk möjlighet till förbättring eftersom hon tidigare hade gjort vissa extremitetrörelser och ett EEG hade visat en tendens till färre epilepsianfall. Men det lät inte övertygande för mig. När jag frågade om hon led där hon låg, svarade han att "hon ska inte lida i det tillstånd hon befinner sig", men det lät inte heller övertygande för mig.

Jag låg ofta sömnlös och funderade på Carinas tillstånd. Jag tyckte att det verkade uteslutet att hon skulle kunna återvända till en meningsfull tillvaro, och till slut beslöt jag att hjälpa henne att dö. Jag ville inte att hon skulle behöva fortsätta ett ovärdigt liv i medvetslöshet eller vakna upp med epilepsi. Beslutet att jag skulle hjälpa henne mognade fram gradvis från det att hon flyttades från IVA till vårdavdelningen, för innan hade övervakningen av henne varit så intensiv att det inte skulle ha gått att genomföra. Jag planerade hur jag skulle göra, och sen bara gjorde jag det.

Eftersom jag inte kunde dosera morfin eller tabletter bestämde jag mig för att kväva henne. Jag bedömde att den metoden skulle vara säkrast. Jag valde en tidpunkt när jag antog att personal inte skulle finnas i närheten. Jag tejpade igen hennes mun och näsa och satte ett tuggummi i kanylen i luftstrupen. Jag tänkte att kvävning på det sättet inte skulle lämna några synliga spår som skulle kunna upptäckas vid en obduktion. För säkerhets skull höll jag för hennes näsa och mun med handen också, tills jag märkte att hon inte levde längre. Då tog jag bort tuggummit och tejpen, men jag höll kvar handen i kanske tjugo minuter för att vara säker på att inga återupplivningsförsök skulle kunna lyckas. Sen gick jag ut och meddelade personalen att hon hade slutat andas.

Läkaren som var bakjour kallades till avdelningen och konstaterade dödsfallet. Den läkaren hade inte personligen deltagit i behandlingen av Carina, och det var kanske tur, för en annan läkare som var mer insatt i hennes fall skulle kanske ha fattat misstankar, tänkte jag efteråt. Men allt gick som det skulle. Hon blev obducerad, och ingen bestämd dödsorsak kunde fastställas.

# FRIDA

Likhet inför lagen, eller den så kallade likhetsprincipen, betyder att alla individer juridiskt sett ska betraktas som jämlika. Alla lika fall ska behandlas lika, och alla enskilda personer ska hållas lika ansvariga inför lagen och få samma lagskydd utan diskriminering. Men så fungerar det inte alltid. Oskyldiga döms och fängslas, skyldiga frikänns och får gå. Det är Mats och jag två tydliga exempel på.

På vilket sätt är Christinas brott värre än mitt? Hade jag större rätt att döda än hon hade? Hade jag större rätt att slippa straff än hon har? Vad skulle bli bättre av att hon hamnar i fängelse så att Pernilla och barnen förlorar hennes hjälp och stöd? Om Mats avtjänade ett straff för ett brott som han inte hade begått, är det väl inte mer än rätt att en annan människa slipper straff för ett brott som hon är skyldig till? Eller kan man inte tänka så? Inte som polis, och inte enligt lagen, men rent statistiskt och kanske moraliskt?

Om Christinas brott kom till polisens kännedom och gick att bevisa skulle hon med stor sannolikhet dömas för dråp och inte för dödshjälp som hon själv tycker att det var. Men det finns inga bevis, och hon skulle inte erkänna, så vad jag gör eller inte gör har ingen betydelse. Frågan är bara vad som känns rätt för mig. Jag har pratat med Mats om det, och han förstår hur jag känner. I sitt yrke är han van att skydda sina patienter. Som psykiatriker har han rätt att bryta tystnadsplikten för att lämna uppgifter om ett allvarligt brott till polisen, men han har ingen laglig skyldighet att göra det.

*– Skulle du bryta tystnadsplikten och polisanmäla en patient som erkände ett allvarligt brott för dig?*

– Bara om det innebar fara för andra människor att jag lät bli. Andra speciella omständigheter skulle förstås också kunna spela in.

– Har det hänt att du har fått ett erkännande?

– Ja, en gång var det en man som erkände ett dråp som han hade gjort sig skyldig till några år tidigare. Det hade bedömts som en olyckshändelse, och han hade inte ens blivit inblandad i utredningen. Det brottet anmälde jag inte. Varför frågar du?

Har Ellen gjort sig skyldig till mord eller dråp? Skillnaden är inte, som många tror, huruvida det fanns ett uppsåt eller inte, utan vilka omständigheter det var som föranledde dödandet. För att gärningen ska bedömas som dråp krävs det klart förmildrande omständigheter, som till exempel att offret under lång tid har utsatt gärningspersonen för svår psykisk och fysisk misshandel, eller att gärningspersonen har handlat på grund av provokation eller i självförsvar, i stark affekt eller av barmhärtighet. Som i fallet med tvättstugemördaren. Som i fallet med Sandra. Som i fallet med Otto. Som i fallet med Carina.

Men i hur hög grad kan man lita på polisens förundersökning, åklagarens åtalsbeslut och rättens dom? Mats blev ju dömd för mord mot sitt nekande och fick ett långt fängelsestraff trots att han var oskyldig.

# FACEBOOK

## Sofia Nordkvist

Restriktionerna kommer snart att upphävas. Ska vi vara glada och tacksamma nu när vi "får" tillbaka våra rättigheter som de aldrig hade rätt att ta ifrån oss?!

## Emma Nordin

Ja, nu när alla som det gick att vaccinera är vaccinerade går det att släppa på restriktionerna.

## Maria Moberg

De drar snart tillbaka det. Kallt/varmt/kallt/varmt... så håller de på. Och v-passen är kvar, så ropa inte hej än.

## Ernst Isaksson

Ja, det finns all anledning att vara skeptisk till makthavare som har grundlurat sin befolkning i två års tid och förtroendevalda som svikit och begått allvarliga brott mot både lagar och människor.

## Camilla Ståhlberg

"Vaccinationerna skyddar hela samhället och är grunden till att vi i dag kan meddela att vi tar bort åtgärderna," sa Tegmark Wisell. Vilken tur att omikronvarianten blev så mild då, så att de kan påstå att det är vaccinationerna som gör att folk inte blir lika sjuka längre. Bra tajming!

## Patrik Wirell

Ja, nu gäller det att få ner statistiken med alla medel och påvisa att fortsatt sjukdom bara är vanliga förkylningar så att man kan hänvisa till vaccinets stora framgång.

**Tobias Backlund**

I presskonferensen den 3 februari 2022, uttalade stats-minister Magdalena Andersson följande: "Om du inte är vaccinerad ännu, då är det dags att boka vaccination redan idag. För risken att bli allvarligt sjuk är avsevärt högre om du inte är vaccinerad. Dessutom är det så att den som fått sin tredje dos är 50 procent mindre smitt-sam."

Mindre smittsam än vilka? De som har tagit en dos, två doser eller ingen dos alls? Och hur har man kommit fram till detta resultat? Vilka grupper har man jämfört, och hur har man gått till väga rent praktiskt? Det skulle vara intressant att få ta del av den vetenskapliga studie som ligger till grund för hennes uttalande, och som man alltså har kunnat dra dessa tvärsäkra slutsatser av.

**Patrik Wirell**

Det existerar ingen studie. En sån studie skulle aldrig gå att genomföra. Det faller på sin egen orimlighet.

**Camilla Ståhlberg**

Det skulle också vara intressant att få ta del av den vetenskapliga studie som stödjer myndigheternas uppmaning till fortsatt vaccinering trots att covid-19 inte längre betraktas som en allmänfarlig sjukdom.

**Patrik Wirell**

Samma där. Bara skitsnack.

**Tobias Backlund**

Ja, jag vet. Och det är för jävligt att en statsminister får stå och ljuga befolkningen rakt upp ansiktet.

**Patrik Wirell**

Själv orkar jag tyvärr inte se dessa kallhamrade individer stå och ljuga på dessa löjliga presskonferenser inför ett antal likasinnade så kallade journalister.

**Tobias Backlund**

Det är om man är SMITTAD eller inte som avgör om man är SMITTSAM! Och vaccinerade blir smittade precis lika ofta som ovaccinerade! Ska det vara så jävla svårt att fatta?

**Sofia Nordkvist**

Kopierat från flödet:

Finns så mycket att skriva om detta att jag inte vet var jag ska börja. Varför skrivs det inte om biverkningarna i media? Varför rapporteras biverkningarna inte rutinmässigt in av sjukvårdspersonal till Läkemedelsverket? Varför har inte injektionerna stoppats när så många människor dött och blivit svårt skadade? Varför blir inte sjuka och vaccinskadade människor trodda av vårdpersonal? Varför har vi sån underbemanning inom vården? Varför har inte den medicinska vetenskapen några svar på orsakerna bakom kroniska sjukdomssymptom? Varför får inte vaccinskadade någon ersättning? Varför riktas människors ilska mot "antivaxxers" när de borde riktas mot de som begår brott mot mänskligheten?

**Tobias Backlund**

Ja, det är inte vaccinvägrarna Magdalena Andersson främst borde oroa sig för. Det är de vaccinskadade och deras anhöriga. När de väl har organiserat sig så är det henne de kommer att ställa till svars. Läkemedelsbolagen såg ju till att skaffa sig juridisk immunitet för dessa nödgodkända, experimentella preparat, vilket innebär att allt ansvar vilar på regeringen och myndigheterna, och de är de som är ytterst ansvariga.

**Lisa Wall**
Men folk fattar ju inte! Lång förklaring om hemska biverkningar av sticket och sen... "men tänk om jag inte tagit det, då hade jag säkert dött!"

**Louise Wahlberg**
Majoriteten av alla människor är följare. Så har det alltid varit, och så länge goda ledare styr är det heller inget större problem att det är så. Men när ledningen blir pervers och ondskefull och önskar dominera och förtrycka undersåtarna och medvetet sprider vanföreställningar för att koncentrera sin makt, då kan masspsykos uppstå, vilket nu uppenbarligen har skett över hela världen.

**Philip Gardner**
People do not believe lies because they have to, but because they want to. (Malcolm Muggeridge,1903–1990)

**Emma Nordin**
SVT: "Risken att bli sjuk i covid är i princip 100 procent de kommande veckorna om man inte är vaccinerad. Det säger smittskyddsläkare Johan Nöjd apropå att restriktionerna lyfts i nästa vecka.
– Däremot är ju risken för att bli allvarligt sjuk liten för de som är vaccinerade – som fullvaccinerad kan man känna sig trygg, säger Johan Nöjd."

**Viktor Larsson**
Mina helt ovaccinerade grannar har covid just nu.

**Pernilla Bergman**
Igår fick jag feber och kände mig rätt rejält risig. Jag fick tredje vaccindosen förra veckan, vilket får mig att hoppas att jag blir mindre sjuk den här gången. För förra vändan skrämde verkligen slag på mig, jag trodde nästan att min sista stund var kommen.

**Tobias Backlund**
Synd att du försämrade immunförsvaret du byggde upp första gången genom att ta alla sprutorna. I annat fall hade du kanske klarat dig nu.

**Emma Nordin**
"Det fantastiska med covid är att vaccinerna är så bra", säger Johan Nöjd också i inspelningen.
Ja, då får vi se hur det kommer att gå för lilla mig då, som är ovaccinerad och inte har varit sjuk en enda gång sen pandemin började. Däremot vet jag många full-vaccinerade som har varit sjuka flera gånger. Men dom kan alltså känna sig trygga nu.

**Viktor Larsson**
Att förstå varför vissa människor ännu inte har vaccinerat sig trots de många bevisen för att vaccinerna är säkra, effektiva och räddar liv är oerhört viktigt för att förhindra att felaktig och därför farlig information om vaccinerna sprids i samhället.

**Lizzie Lundmark**
Idag har jag tagit min tredje. Den satt fint!

**Marianne Larsson**
Grattis!

**Jeanette Fransson**
Samma här! Välkommen i gänget!

**Camilla Ståhlberg**
Jag är bara inne på min andra än. Men den hade mer grädde och mandelmassa än den första!

# FRIDA

Hur stora möjligheter har vi att få Ellen åtalad och fälld? I stort sett inga, så länge vi inte har fått fram några avgörande bevis. Men mitt främsta mål är inte att få henne inburad utan att komma fram till sanningen. Hon är ingen återfallsförbrytare, som till exempel Fabian och Kristoffer, som andra människor i samhället behöver skyddas från. Ingen skulle tjäna på att hon hamnade bakom lås och bom. Jag låter det inte påverka mitt arbete, men ibland tänker jag att det nästan vore lika bra om hon slapp undan. Hur man påverkas av en långvarig fängelsevistelse är förstås olika, men för en vanlig, hederlig människa som Ellen måste det vara extra traumatiskt, föreställer jag mig. Jag förstår inte hur Mats klarade det. Han har inte berättat för mig hur det var, så jag vet inte hur han upplevde det. Han verkar ovillig att prata om det, och jag har inte pressat honom. Men jag vill gärna veta, och det vill Maja också, har jag förstått.

– *Har du varit inne i ett fängelse nån gång?*
 – *Ja, det har jag.*
 – *Hur ser det ut där fångarna bor?*
 – *Det är lite olika beroende på om det är en arrestcell, en häktescell eller en fängelsecell.*
 – *Vad är det för skillnad på dom?*
 – *I arrestcellen har man nästan inga saker alls. Inte ens en säng, så där får man sova på en madrass på golvet med bara en kudde och en filt. I häktescellen har man en säng och får saker som man behöver för att kunna tvätta sig och så. I en fängelsecell kan det vara väldigt olika hur det är.*
 – *I vilken sorts cell fick pappa vara?*

*– I alla tre sorterna skulle jag tro.*

*– Har han inte berättat för dig?*

*– Nej, det har han inte. Inte för dig heller?*

*– Nej. Och jag vågar inte fråga.*

Jag har kallat Ellen till ett nytt förhör. Min tanke är att jag ska försöka få henne att berätta lite mer om hur hon kände och reagerade på Otto, för att på så sätt kanske närma oss kärnpunkten.

FÖRHÖR

FL: Förra gången sa du att Otto satt och hävde ur sig otrevligheter på jobbet.

EH: Mm.

FL: Vad kunde det handla om?

EH: Allt möjligt som han inte gillade. Det senaste året var det mest om vaccinmotståndare.

FL: Kan du ge några exempel?

EH: Ja, en gång sa han att alla foliehattar borde ställas upp på rad och tvångsvaccineras. En annan gång att alla antivaxxare borde portförbjudas på alla sjukhus och nekas vård.

FL: Hur reagerade du?

EH: Jag tyckte att han var knäpp.

FL: Sa du emot honom?

EH: Nej, aldrig. Så lågt ville jag inte sänka mig.

FL: Hur menar du?

EH: Jag ville inte sänka mig till hans låga nivå genom att ge mig in i en diskussion med honom.

FL: Var det nån annan som gjorde det?

EH: Nej, inte som jag hörde. Men det fanns säkert en och annan som i tysthet höll med honom.

FL: Berättade du på jobbet att du har valt att inte vaccinera dig?

EH: Nej, det gjorde jag inte.

FL: Varför inte?

EH: För att slippa alla diskussioner. Och för att slippa bli utfryst. Fast det vet jag inte om jag skulle ha blivit. Men jag hade hört att det förekom.

FL: På just din arbetsplats?

EH: Nej, men på min dotters, på sjukhuset. Och jag hade läst om det på sociala medier också.

FL: Berättade du på jobbet om din man då, att han hade drabbats av biverkningar av vaccinet?

EH: Nej, jag pratade aldrig om mitt privatliv på jobbet. Jag tyckte inte att det hörde dit. Hur jag har det hemma angår ingen utomstående. När Erik blev sjuk berättade jag ingenting, och när han dog meddelade jag bara att det hade hänt och att jag behövde vara ledig ett tag.

FL: Mm.

EH: Det kom som en chock för mig när det visade sig att han och jag kände så olika beträffande en så viktig sak. Det var som om jag upptäckte att jag inte visst vem han var. Jag kunde inte fatta att han var så dum att han tänkte gå med på att få ett obeprövat och kanske farligt preparat insprutat i sin kropp. För mig var det solklart redan från början att jag inte skulle ta vaccinet. Det var inte mycket man visste om själva viruset i början, men att vaccinerna inte var färdigtestade och bara nödgodkända visste man, och det visste Erik också. Så varför i hela världen ville han ta risken att kanske drabbas av svåra biverkningar? Jag försökte intala mig själv att det skulle gå bra, och att jag bara oroade mig i onödan, men min instinktiva känsla var att han utsatte sig för en stor fara.

FL: Och hur gick det för honom?

EH: Den första dosen passerade nästan obemärkt med bara lite ont i armen, feber och huvudvärk. Det var förväntade och helt normala bieffekter, påstods det. En del sa till och med att det var en önskvärd reaktion som visade att immunförsvaret hade triggats igång ordentligt. Febern som Erik fick var hög, runt fyrtio grader, och den kändes konstig, sa han, men han kunde inte förklara hur. Vi trodde att det skulle gå över, och det gjorde det också efter några dagar, och han blev som vanligt igen. Men sen...

FL: Ja?

EH: Direkt efter dos nummer två fick han feber igen och kände sig hängig och tung i kroppen. Han försökte jobba, men hans symtom blev bara fler och fler. Hjärtat slog dubbelslag och han hade en kraftig smärta i bröstet och svårt att andas. I huvudet kändes det som om spikar hamrades in på olika ställen, sa han. Han var vid flera tillfällen säker på att han hade drabbats av både hjärtinfarkt och hjärnblödning. Sen började hans händer och ben domna bort, och han fick röda svullnader över hela kroppen. Febern låg konstant runt trettionio grader, och han hade ont överallt och fick så dålig balans att han föll omkull flera gånger. Det var så hemskt.

FL: Ja, det förstår jag.

EH: Och febern gick inte ner. Den var lika hög i elva veckor. Under den tiden togs mängder med prover på vårdcentralen. Han fick tre penicillinkurer som inte hjälpte, och det gjordes en magnetröntgen som visade att allt var normalt, men han hade fortfarande feber ibland och ont i huvudet.

FL: Mm.

EH: Efter det fick han en fruktansvärd yrsel. Under kortare perioder hade han ryckningar i ögonen och klåda på kroppen. Han sa att det kändes som att det satt ett djur med vassa klor innanför huden på honom och klöste för att komma ut. Och smärtorna i bröstet gick inte över och var vissa dagar så kraftiga att han tvingades ringa 112. Under den perioden genomgick han flera olika EKG, lämnade massor med blodprover och gjorde ultraljud av hjärtat och röntgen av huvudet. Proverna visade förhöjda värden, men läkarna hittade ingen förklaring till hans tillstånd. Jag frågade om det kunde ha med vaccineringen att göra, men det ställde man sig tveksam till, trots att hans symtom hade börjat i direkt anslutning till

att han tog sprutorna. Jag kan inte beskriva hur det kändes
att ingen kunde hjälpa honom.

FL: Nej.

EH: Sen började han klaga på huvudvärk. Den var mer eller
mindre ihållande under ett par veckors tid, tills han en natt
vaknade med den värsta huvudvärk han hade haft i hela sitt
liv, sa han. När han ställde sig upp svimmade han, och när
han vaknade till sans och försökte kravla sig upp ramlade han
ihop igen och började kräkas. Hjärtat pumpade jättehårt och
han hade exakt samma känsla som efter första sprutan, sa
han. Jag ringde efter ambulans, och vi åkte i ilfart till sjukhu-
set. På akuten var man beredd och tog emot honom direkt.
Det visade sig att han hade skyhög puls och skyhögt blod-
tryck, och han var omtöcknad och alldeles virrig. När han
tillfrågades kom han inte ihåg vilken dag det var, och efter en
stund tappade han talet och började sluddra. Till slut var han
inte kontaktbar längre och fördes iväg till akut operation.
Han hade fått en blödning i hjärnan, och den var så stor att
hans liv inte gick att rädda.

– *Vad dog din mamma av, Frida?*
  – *En sjukdom som heter KOL.*
  – *Vad får man när man har den?*
  – *Man får svårt att andas, och till slut går det inte längre.*
  – *Blev du ledsen när hon dog?*
  – *Ja, det blev jag.*
  – *Det blev inte jag när min mamma dog. Jag blev bara ledsen
för att pappa kom i fängelse så att jag inte fick träffa honom mer.*

# FRIDA

Ellens man fick en rad svåra sjukdomssymtom som läkarna inte kunde förklara eller hitta orsaken till. Hon var övertygad om att han hade blivit sjuk av vaccinet, och troligtvis var det så. Hennes förtvivlan och maktlöshet påminde mig om mina egna känslor när mamma var sjuk och bara blev sämre och sämre och det enda jag kunde göra var att se på medan hon sakta tynade bort och dog. Ellen var arg på sin man för att han hade vaccinerat sig och jag var arg på mamma för att hon fortsatte att röka. Båda utsatte sig frivilligt för livsfara, och det fanns ingenting vi kunde göra för att stoppa det.

Ellen visade inga känslor när hon berättade om sin mans lidande, men jag förstod att hon behövde prata om det. Det blev alltså ännu ett förtroendeskapande förhör. Samtidigt ger det hon berättade en bild av hennes livssituation och känslomässiga tillstånd vid tiden för Ottos död, vilket kan ha sin betydelse i sammanhanget.

Det är inte bara jag som tycker att det är viktigt att skapa förtroende i förhörssituationen. Agnell, en av kollegerna i utredningsgruppen, har samma ambitioner som jag, och han gjorde säkert så gott han kunde med Ellen. Att han inte lyckades tror jag berodde på att hon reagerade negativt på hans personliga framtoning. Det gör jag också, fast jag vet att han egentligen är helt okej. När jag var ny delade han till exempel med sig av sina erfarenheter som förhörsledare till mig. Men han är lite... grund, och det får honom att kännas mindre förtroendeingivande.

*– Säg att en person sitter gripen för ett brott, ett allvarligt brott. Vid det första förhöret är det en vilt främmande människa du har*

framför dig. Då måste du ganska snabbt bilda dig en uppfattning om den personen. Vad är det här för en människa? Är det en som vill prata eller en som tiger eller en som är rädd eller en som är aggressiv? Så första förhöret kan vara lite svårt. Du känner av vad det är för sorts person du har att göra med och bestämmer utifrån det hur förhöret ska läggas upp. Ska du använda en mjuk eller hård ton, ska du ställa korta eller längre frågor? En fördel som du som förhörsledare har är att människor alltid har ett behov att berätta. Vissa är så ångestfyllda att man ser på en gång att dom vill det. Men många som är inblandade i brottssammanhang är skakade och påverkade av det som hänt och kan, åtminstone till en början, ha svårt att öppna sig. Man får gå in och tänka att här sitter det en person som har gjort dumheter som han innerst inne vill berätta om. Men det krävs att du får till en bra kontakt, och det är inte alltid så lätt. Att få en person att över huvud taget börja prata hänger redan från start på om du lyckas skapa en bra relation. Som förhörsledare är det önskvärt att du är påläst och har tålamod och koncentrationsförmåga och tycker att sanningen är viktig. Jag brukar inleda alla förhör med att sitta och småprata en stund om lite allt möjligt. Sen lämnar jag i princip ordet fritt och ger den misstänkte möjlighet att lägga fram sin version utan att bli avbruten. Som förhörsledare har du kanske ett förutbestämt upplägg som du tänker följa, men så ändras det beroende på vad den misstänkte säger. Den bevisning du hade tänkt lägga fram blir kanske inte framlagd på grund av det. Så omständigheterna kan så att säga ändras under resans gång. Du har en plan som det kan ha tagit dagar att utarbeta för att du ska vara noga förberedd inför förhöret. Vi har diskuterat i gruppen vad vi vill ha fram, och jag har helt klart för mig att så här har vi tänkt, och det här och det här ska vi prata om, och dit vill jag komma. Och så inleder jag, och den misstänkte drar genast in på ett sidospår. Då måste jag anpassa mig och lyssna, även om det han har att komma med kanske inte är av så stort intresse för utredningen. Då får jag inte stoppa honom och säga: Hallå där, in på spåret igen! utan då låter jag honom berätta klart innan jag styr det rätt. Mycket hänger alltså på att du får igång en dialog och om möjligt får den misstänkte att berätta själv. Och det gäller som sagt att skapa en god kontakt så att du inte kommer på kant med honom. Du får spela med, även om du tycker grundligt illa om honom. Du måste skilja på gärning och person och försöka behandla honom så bra som möjligt. För står du inte på god fot med honom så är det kört redan från början, och då är det lika bra att byta förhörsledare.

## Ida Forslund

Men oj då, vaccinationsviljan verkar minska! Det måste vi råda bot på!

"Smittskyddsläkare Helena Ernlund om varför det är viktigt att vaccinera sig, trots att restriktionerna hävs och du nyligen varit sjuk:

– Om du varit sjuk för en månad sedan kan du ha haft delta-varianten och då behöver du skydd mot omikron.

Nu vill smittskyddsläkare Helena Ernlund uppmana alla att fortsätta att boka tid för vaccination och hon understryker att man inte räknas som fullvaccinerad om man inte tagit de sprutor man blivit rekommenderad.

– Man säger att man är fullvaccinerad om man tagit alla doser som man blivit erbjuden, så då är det tre sprutor som gäller om man tillhör grupper som rekommenderas tre sprutor, säger hon." (SVT 6/2)

### Folke Hjelm

Den som bor i Österrike och inte vaccinerar sig riskerar böter på mellan 600 och 3 600 euro beroende på ekonomiska förutsättningar. Vissa grupper är undantagna från plikten, däribland gravida kvinnor, som dock uppmanas att vaccinera sig.

### Philip Gardner

It's dangerous to be right when the government is wrong. (Voltaire)

### Tomas Bergman

Man kan spärra in sanningssägarna men inte sanningen själv. (Ignazio Silone,1900–1978)

**Mats Svedjeholm**
Att inte övriga europeiska länder går ut och tar öppet avstånd från beslutet och fördömer Österrike är ren skandal!

**Linda Palmqvist**
Ja, hur kan vi andra EU-länder bara stå och se på när dom fullkomligt våldtar sin befolkning?

**Ylva Borén**
Vaccinet skyddar varken mot delta eller omikron. Känner inte smittskyddsläkaren till det? Det gör i alla fall jag av nån konstig anledning.

**Ida Forslund**
"80 nya dödsfall med bekräftad covid-19 har rapporterats sedan i torsdags." (SVT 4/2)
I somras dog 5–10 stycken per dag med bekräftad covid-19, nu är det alltså uppe i 50–100 per dag.
Kära nån, hur ska vi förklara det här nu då?
Jo, så här gör vi!
"Coronaviruset kan få samma ställning som säsongsinfluensan i framtiden. Det säger AnnaSara Carnahan, epidemiolog på Folkhälsomyndigheten, som anser att vi snart bör släppa fokus på antalet dagliga dödsfall och smittofall i covid-19. ... Ingen vet säkert hur många som dör i säsongsinfluensan varje år, men enligt beräkningar kan det vara så mycket som 2 000 till 3 000 per säsong."

**Anna-Lena Strand**
SVT: "Totalt har 16 180 personer avlidit med covid-19 i Sverige sedan pandemins start." Avlidit av VAD? finns det kanske anledning att fråga sig...

**Åsa Westerberg**
SVT: "D-vitaminbrist kan kopplas till en ökad risk att insjukna i svår covid-19 och även till att dö i sjukdomen. Det visar en ny studie publicerad i den vetenskapliga tidskriften PLOS One. --- Man såg att de som hade en brist löpte i genomsnitt 14 gånger högre risk att få en svår variant av covid-19. Bland dem som hade en brist på vitaminet var risken att dö 25,6 procent, jämfört med 2,3 procent hos dem som inte hade någon brist."

**Bosse Löfgren**
Jaså, nu passar det att erkänna det vi "foliehattar" har sagt hela tiden!

**Åsa Westerberg**
Och "experter" som till exempel Agnes Wold satt i TV och hånade oss som anser att alla kan påverka sin egen hälsa och att man kan stärka sitt immunförsvar med till exempel D-vitamin, C-vitamin och allsidig kost. Tänk om myndigheter och experter hade gått in för att hjälpa och skydda människor istället för att hela tiden hjälpa och skydda vaccin- och läkemedelsindustrin!

**Anders Blomqvist**
Vi "foliehattar" som sitter och letar fram filmer och studier som visar hur myndigheter och företag världen över försöker skada oss på alla möjliga tänkbara sätt, vi blir idiotförklarade. Det är så sjukt frustrerande att dela vad man ser och bara få skit för det, men jag tror ändå inte att jag kan sluta. Kan jag bara få en enda av mina vänner att vakna, så väcker den en av sina vänner som i sin tur väcker en av sina vänner osv.

**Laura Winter**

"80 % of serious COVID cases are fully vaccinated, says Ichilov hospital director." (Israels nationella nyheter) Vaxxinet skyddar alltså inte alls mot allvarlig sjukdom som det har påståtts.

**Sofia Nordkvist**

Och som det fortfarande påstås!
Lena Hallengren: "Vaccinet är skälet till att vi kan låta restriktionerna avvecklas. ... De flesta har inte blivit allvarligt sjuka därför att man är vaccinerad."
Hon betonar vikten av att ta en tredje dos.
– En tredje dos förlänger och stärker skyddet, säger hon. Därför måste vaccinationerna fortsätta i en hög takt och det måste fortsatt finnas tillräckliga resurser för det."

**Christina Nässén**

Då kan dom lika gärna ha alla restriktioner kvar, för jag kommer aldrig att vaccinera mig och restriktionerna har inte påverkat mitt liv för fem öre annat än i positiv riktning.

**Jonas Malmberg**

Och i Tyskland har en läkare börjat vaccinera spädbarn...
SVT: "Läkaren Wolfgang von Meissner vaccinerar barn från sex månaders ålder. Han menar att det inte finns någonting som talar emot att vaccinera små barn mot sjukdomen och att många föräldrar i Tyskland vänder sig till honom eftersom smittan den senaste tiden har skjutit i höjden på förskolor.
– Immunologiskt finns det egentligen ingen skillnad mellan barn och vuxna. Åldersgränsen är helt godtycklig, säger Wolfgang von Meissner till tidningen."

**Gunilla Gelin**
Han är galen!

**Jonas Malmberg**
Ur Läkartidningen 2021-09-21: "Det är stor skillnad på att vaccinera en 70-åring och en 12-åring, vars immunologiska system fortfarande utvecklas. Detta gör att barn potentiellt sett är mer sårbara och mottagliga för biverkningar än vuxna. Samtliga kända och okända risker måste vägas mot nyttan av vaccination, och för oss är det obegripligt att man kunnat landa i att förorda massvaccination mot covid-19 hos friska barn. Om man beslutar sig för att introducera läkemedelsbehandling till 100 000-tals barn får det inte finnas något som helst tvivel om huruvida nyttan överstiger riskerna."

– *Får jag fråga dig en sak, Maja?*
– *Ja, vadå?*
– *Varför valde du att inte vaccinera dig mot covid?*
– *För att jag hade läst och hört att barn inte blir så sjuka av det och för att man inte vet vilka biverkningar man kan få. Men mest var det för att jag inte gillar när andra säger åt mig vad jag ska göra så att jag inte får bestämma själv.*
– *Då är du som jag, hör jag.*
– *Ja, det känns så sjukt när nån försöker tvinga eller övertala en.*
– *Försökte dina kompisar göra det?*
– *Ja, en del. Men jag kan inte göra saker bara för att typ alla andra gör det och låta bli att tänka och bestämma själv.*

# FRIDA

Jag har lokaliserat Fabian. Han bor med en tjej i ett höghus-
område i Hallunda. Men just nu sitter han inne, så vill jag
träffa honom måste jag ge mig iväg till anstalten. Han har
gått med på att jag besöker honom, och vi har bestämt dag
och tid. Den här gången sitter han för rån och misshandel.
Det är kanske bara dumt att vi träffas, men efter att ha läst
förhören med honom om våldtäkten har jag inte kunnat
släppa tanken. Är han fortfarande lika omogen och ansvars-
lös? Troligen, för annars skulle han inte sitta där han sitter
nu.

Jag kommer att bli besviken. Det vet jag, trots att jag inbil-
lar mig att jag har gett upp allt hopp om honom och inte har
några förväntningar alls. Det brukar aldrig hålla när det verk-
ligen gäller. Mats säger att jag måste släppa taget om honom,
och för det mesta känns det som om jag har gjort det, men
bara jag tänker lite djupare och mer koncentrerar på honom
så väcks mina känslor till liv igen.

– *Visst är Fabian bara din halvbror?*
   *– Ja, vi har olika pappor.*
   *– Det kan också vara att man har olika mammor.*
   *– Ja, så är det.*
   *– Så jag har också en halvbror.*
   *– Mm.*
   *– Jag undrar hur han ser ut.*

# FRIDA

Ellen har tystnat igen. Efter förhöret där hon berättade om sin makes sjukdomstid och död har hon återgått till sitt tidigare förhållningssätt och vägrar medverka i utredningen. Det förvånar mig egentligen inte, för nu är det bara ett erkännande som fattas, och det är hon kanske inte beredd att ge oss. Hon hade ett uppdämt behov av att berätta om andra saker och få utlopp för sina känslor, men mer blir det kanske inte. Eller har hon ett behov av att erkänna det hon har gjort också?

Starka bevis är det som oftast leder till ett erkännande. Kan skulden bevisas så finns det ingen större anledning att förneka brott, även om en del misstänkta fortsätter att göra det in i det sista. Inre press i form av skuldkänslor och ånger är en annan faktor som kan framkalla ett erkännande. Yttre press från förhörsledaren kan också ha effekt, men nackdelen är att den sortens erkännanden kan vara mindre tillförlitliga. Enligt statistiken erkänner ungefär tjugo procent en dödlig handling i början av en förundersökning. I slutet av utredningen har cirka sextio procent erkänt. Då har man inte räknat in yrkeskriminella som ofta tiger sig igenom förhören av rädsla för repressalier och annat.

Jag lockade Ellen med vår gemensamma övertygelse i vaccinationsfrågan och fick henne att öppna sig med hjälp av det. Ska jag locka henne med vår gemensamma erfarenhet av vållande till annans död nu, för att få henne att gå vidare och erkänna? Locka med vår gemensamma erfarenhet av brist på ånger, som jag är nästan säker på att vi har? När Maja frågade mig om det försökte jag svara så ärligt jag kunde.

*– Jag vet vad du har gjort, Frida.*

  *– Vad har jag gjort?*

  *– Du har skjutit ihjäl en mördare.*

  *– Mm.*

  *– Hur känns det att skjuta ihjäl nån?*

  *– Det är nog olika för olika personer.*

  *– Men hur kändes det för dig?*

  *– Det väckte så många känslor att det är svårt att beskriva.*

  *– Ångrade du dig?*

  *– Nej, men jag önskade att det inte hade behövt hända.*

Ja, det skulle kunna fungera. Brottsmisstanken kvarstår och utredningen fortsätter. Om hon hade varit fortsatt frihetsberövad hade vi haft ett bättre utgångsläge än vi har nu, eftersom det alltid är nedbrytande att sitta häktad.

Att bli inlåst i en cell kan göra att man till en början hamnar i ett chocktillstånd och drabbas av skamkänslor över att man befinner sig där och är misstänkt för att ha begått ett brott. Det kan kännas overkligt och skrämmande att förlora sin frihet och självbestämmanderätt och tvingas underordna sig. Vissa upplever cellskräck och grips av panik av att vara inlåsta och inte kunna ta sig ut.

Att komma från arresten, som ofta är sliten och smutsig, till en ren och prydlig häktescell kan ändå kännas som en lättnad. I häktet får man eget rum och tilldelas sängkläder, handdukar och hygienartiklar. Vissa häkten har toalett i cellerna, men i häkten där det inte finns måste man ringa på en vakt som kommer och låser upp dörren och lotsar en till toaletten. Man har rätt till en timmes frisk luft varje dag. Den så kallade promenaden sker i små burar med höga väggar och galler i taket.

Tillvaron i häktet är enformig, regelstyrd och monoton. Men människan är en flexibel varelse som oftast hittar strategier som fungerar i varje situation. Det kan vara svårt i början, men alla anpassar sig så småningom till rutinerna och underordnar sig reglerna. Många stänger av tankar och känslor och försöker aktivera sig så mycket som möjligt för att få tiden att gå och för att inte tänka så mycket på livet utanför.

Mats har inte berättat hur han upplevde sin tid i häktet och fängelset, och det ville Maja och jag gärna veta, så en dag kallade vi honom till "förhör".

– *Nu ska du bli förhörd.*

– *Jaså, ska jag?*

– *Ja. Och här kommer första frågan: Hur var det att sitta i fängelse?*

– *Ja, det... Jag vet inte riktigt vad ni vill veta?*

– *Vill du svara på våra frågor då?*

– *Ja, självklart.*

– *Vi har skrivit ihop en frågelista som vi tänker gå igenom.*

– *Ja, okej.*

– *Okej. Här kommer andra frågan: Fick du sitta i en cell?*

– *Ja, det fick jag. Bostadsrum kallades det, men du har rätt i att det var som en cell.*

– *Var det galler för fönstren?*

– *Ja, det var det. Men inte uppifrån och ner utan från den ena sidan till den andra.*

– *Vad hade du för möbler och saker i din cell?*

– *Jag hade en stol, ett bord, ett skåp, en hylla, en säng, en spegel, en anslagstavla, en mugg, en väckarklocka, en radio och en teve. Sen hade jag böcker och tidningar och ett block som jag kunde skriva i.*

– Fick du gå ut därifrån?

– Ja, varje dag var dörren till rummet öppen så att jag kunde gå ut på avdelningen. Men dörren till avdelningen var alltid låst. Och på nätterna var alla inlåsta i sina rum.

– Nästa fråga: Vad fick du göra på dagarna?

– Klockan åtta blev dörren till rummet upplåst och då fick jag gå på toa och tvätta och raka mig. Sen fick jag frukost, som jag åt på rummet. Vid tiotiden gick jag till ett speciellt motionsrum där det fanns olika sorters träningsredskap. Halv tolv kom matvagnen med lunchen som jag också åt inne på rummet. Efter maten gick jag ut till promenadgården och rörde på mig. Där fick man vara högst en timme varje dag. På eftermiddagarna jobbade jag lite. Det kunde man antingen göra tillsammans med andra eller ensam på sitt rum. Jobbet bestod oftast av att packa saker, sortera saker eller sätta ihop saker. Om man ville kunde man gå en kurs istället för att jobba.

– Fick du betalt för att du jobbade?

– Ja, det fick jag. Inte så mycket som man brukar få i vanliga fall, men lite pengar fick jag. Efter jobbet var det mat igen, och sen fritid när jag kunde göra vad jag ville. Då brukade jag läsa, lyssna på radio eller musik eller se på teve. Man kunde också hålla på med sin hobby om man hade nån eller gå till motionsrummet igen. Vid den tiden kunde man också ringa eller ta emot besök. När klockan var åtta på kvällen måste man gå in på sitt rum och stanna där hela natten med låst dörr.

– Vad gjorde du innan du skulle sova?

– Då läste jag eller tittade på teve.

– Var fick du böcker ifrån?

– Det fanns ett bibliotek dit man kunde gå och låna, eller också lånade man från en bokvagn som kom.

– Vilka tevekanaler fanns det?

– Bara ettan, tvåan och fyran.

– Okej. Nästa fråga: Vad fick du för mat?

– Det var vanlig mat, ungefär som den jag brukade äta hemma.

– Fick du gå ut ibland?

– Ja, men bara till den där promenadgården som jag berättade om.

– Fick barn komma och hälsa på?

– Ja, barn fick komma om dom hade en vuxen med sig.

– Fick barn komma in i cellen där du bodde?

– Nej, när man fick besök träffades man i ett särskilt besöksrum.

– Ville du inte att jag skulle komma?

– Jo, det ville jag. Men mormor sa ifrån.

– Ja, jag vet. Fick du prata i telefon?

– Ja, jag fick ringa om jag bad om det. Men jag hade ingen mobiltelefon för det var det inte tillåtet att ha.

– Varför ringde du inte till mig?

– Jag försökte, men mormor lät mig inte prata med dig.

– Jag trodde att du inte ville.

– Nej, så var det inte, Maja. Jag ville väldigt gärna prata med dig.

– Jag visste inte att du hade ringt. Hon sa inget till mig.

– Nej, jag förstår det.

– Blev du inte arg när hon gjorde så?

– Jo, det blev jag.

– Ja, ja, nog om det. Nu fortsätter vi förhöret. Fick du vara med dom andra fångarna?

– Ja, om jag ville.

– Brukade du vara det?

– Nej, inte så ofta. Jag var mest för mig själv.

– Vad hade du för kläder på dig?

– Jag hade mina egna kläder. Men man kunde få låna andra kläder om man hellre ville det.

– Hade du handbojor på dig?

– Nej, det hade jag inte. Men man kunde få det om man var bråkig och inte kunde lugna ner sig.

– Var det nån som fick det nån gång?

– Ja, en gång var det några som började bråka och då fick den ena handbojor på sig.

– Kände du dig ensam?

– Ja, det gjorde jag ofta.

– Kom det nån och hälsade på dig när du satt i fängelse?

– Ja, Jesper kom och hälsade på mig varje vecka. Och andra vänner ibland.

– Längtade du hem?

– Ja. Mest i början innan jag hade vant mig vid att jag inte fick gå ut. Men mest längtade jag efter dig.

– Gjorde du?

– Ja, varje dag.

– Mamma då?

– Jag var ledsen att hon var död men jag längtade inte efter henne.

– Den där Emma då?

– Ja, henne saknade jag också. Men mest längtade jag efter dig.

– Och jag längtade efter dig, pappa. Men sen glömde jag nästan bort dig.

– Ja, det är så det blir när man är liten och aldrig träffas.

– Mm. Men du glömde aldrig mig.

– Nej, det gjorde jag inte, Maja. Jag glömde aldrig dig.

# FRIDA

Mats fick tårar i ögonen när han berättade för Maja att han längtade efter henne varje dag i fängelset och hon gick fram till honom och slog armarna om hans hals. Jag blev också rörd och tänkte att det var bra att jag hade fått idén att hon skulle skriva en frågelista till honom om hur han hade det i fängelset. Jag ville också veta det, eftersom han inte hade berättat det för mig heller. Jag älskar honom, och jag älskar Maja, och jag är så glad att jag har kunnat bidra till deras återförening.

*– Frida, vet du en sak?*
*– Nej?*
*– Jag är så glad att du skriver böcker. För om du inte hade gjort det hade pappa aldrig träffat dig och då hade du aldrig skrivit boken om mamma och jag hade kanske aldrig vågat träffa pappa när han kom ut ur fängelset.*

Jag har inte gjort mig förtjänt av Mats och Maja. Borde jag inte straffas istället? Jag har fortfarande skuldkänslor ibland för att jag inte har känt samvetskval och ånger över att jag sköt ihjäl mannen i källaren. Han var en mördare, men det ursäktar ju ingenting. Kvinnan han hade dödat strax innan var ensamstående med två små barn. Ingen vet om han var bekant med henne eller inte. Ingen vet varför han befann sig i huset och tvättstugan. Ingen vet varför han knivhögg henne. Men vi fick ganska snart veta hans namn och kunde ta fram uppgifter om honom ur belastningsregistret. Jag ville inte veta vem han var eller vad han hade gjort. Jag ville inte att han skulle vara en levande människa som inte kunde rå för hur han var eller vad han gjorde på grund av sin taskiga barndom. Jag ville att han skulle vara ett mekaniskt, dödligt hot som det var rätt att försvara sig mot och undanröja. Det var så jag ville fortsätta att se honom, och det har jag gjort också.

Det sägs att alla människor är lika mycket värda, men jag kan inte tycka det. Är man destruktiv och skadar sig själv och andra värdesätter man inte sig själv och sitt liv, och då kan man inte begära att andra ska göra det heller. Så tänker jag inte för att ursäkta det jag gjorde, men det förklarar min brist på skuldkänslor för själva handlingen.

## FACEBOOK

**Sofia Nordkvist**
Den 9 februari 2022: Restriktionerna slopas! Pandemin är äntligen över och livet kan återgå till det normala! Nu kan vi kramas och resa och festa igen (hoppas alla).

**Inga Sundin**
Djupt olyckligt! Allt borde vara kvar till minst slutet av april när säsongen för luftvägsvirus är över. Detta är på tok för tidigt!

**Regina Madsen**
Då blir det kanske lugnt några månader tills läkemedelsindustrin sätter igång med nästa skrämselpropagandagrej. Vad kan det då bli månntro? En ny livsfarlig mutation eller ett redan känt virus som till exempel HIV? Ska bli väldigt tröttsamt att se alltihop upprepas igen...

**Benny Fors**
Ja, de kan mycket väl stänga ner igen, för en ny omgång.

**Malin Josefsson**
Dom har redan börjat kratta manegen genom att säga att nästa mutation kan bli mycket farligare än dom vi har haft hittills.

**Fred Adler**
Äntligen! Fullt ös på discot i natt. Blir att gå ut en runda på krogen i kväll igen!

**Sofia Nordkvist**
Men KÄNNS det verkligen så fritt och glatt som man

försöker ge sken av? Nej, det kan jag inte tycka. Den allmänna stämningen verkar snarare dämpad och avvaktande. Och jag tror aldrig jag sett så många sjuka människor omkring mig förut någon gång. Virus hos den ena, vaccinbiverkningar hos den andra, mystiska uppblossande åkommor hos den tredje osv.

**Tove Lindvall**
Agnes Wold (svensk läkare och professor i klinisk bakteriologi vid Sahlgrenska akademin vid Göteborgs universitet): "Nu blir det ett himla party, men sen måste vi hantera antivaxxarna."

**Sofia Nordkvist**
"Hantera"?

**Tove Lindvall**
2016 blev hon utsedd till Årets kvinna av Expressen: "På kort tid har professor Agnes Wold gått från stridbar förebild i den gubbiga universitetsvärlden till att också bli hela Sveriges kärring mot strömmen. Nu tar hon sin rättmätiga plats som upplysningskvinna, rustad med forskning, förnuft och sarkastisk humor. Hon stärker och befriar, med kunskap och formuleringsglädje. Vårt behov av Wold är stort, mycket stort."

**Sofia Nordkvist**
Herregud!

**Tove Lindvall**
Ja, eller hur? Hon är ju helknäpp!

**Elly Hammarström**
Helt otroligt att släppa på restriktionerna när smittoläget

är som värst. Man borde ha väntat till våren eller somma-ren då vi redan vet att smittspridningen minskar rejält. Samtidigt uppmanas folk att inte testa sig vilket utgör en stor risk för riskgrupper som inte kan veta om de träffar friska eller smittade personer. Jättebesviken på hur vårt land har hanterat pandemin!

### Lena Nielsen
Det är inte slut! De har köpt in många miljoner vaxxin-doser, och det är bara början, sedan kommer det fler! - Eliten strävar fortfarande mot total kontroll och styrning och vill göra människor till robotar. Det är inte slut förrän alla fattat allt och alla vägrar lyda denna elit genom att ta vaxxindoserna.

### Stefan Möller
Det ryktas att regeringen går ut med belöningspengar till kommuner och även snart till företag som lyckas vaccinera fler. Liknande de belöningspengar som de gått ut med till landstingen tidigare. Såg ett klipp där de sa att folket litar mer på sina chefer än på myndigheter. Därför skulle man lägga över uppgiften att pressa folk att vaccinera sig på arbetsgivarna.

### Sten Sture
Med en smitta som är större än någonsin och med dödstal som stiger vecka för vecka tycker jag att det känns väldigt illa tajmat att släppa på restriktionerna. Kunde vi inte lika gärna haft restriktionerna kvar tills vändningen kommit? Det hade känts betydligt säkrare för de flesta av oss äldre, tror jag. Åsikten delas i vart fall av alla jag känner!

### Selma Forsell
Som 70+ skulle jag verkligen uppskatta att få ta en fjärde dos nu när alla restriktioner släpps. Känns väldigt osäkert när 3 månader gått sedan jag fick dos 3. Blir nog karantän igen tyvärr.

### Fredrik Lager
Det vi har framför oss är det största paradigmskiftet i mänsklighetens historia, och de närmaste månaderna blir definitivt de intensivaste och roligaste hittills!

### Jasmin Brink
Ja, det är så häftigt att vara med om att väcka människor och skapa århundradets största massuppvaknande!

### Stefan Möller
Massuppvaknade? Det tror jag tyvärr är långt borta. Alla kommer snart att glömma alltihop och fortsätta som vanligt. Alla kommer att återgå till det normala och bete sig som om ingenting har hänt.

## FRIDA

Efter den nionde februari när restriktionerna slopades, har det blivit så konstigt tyst om pandemin bland mina Facebookvänner. Från den ena dagen till den andra nämns den nästan inte längre, förutom i samband med lastbilskonvojerna i Kanada. Men ingenting har väl egentligen förändrats? Folk fortsätter väl att bli sjuka? Sjukvården är väl fortfarande hårt belastad? Vaccineringen ska väl rulla på? Men nu är det bara gulliga katter, god mat och härliga skogspromenader som kommer upp i flödet. En lustig hundvalp. Ljusets återkomst. Små vårtecken i naturen. En kurs i självförverkligande. Glädjande OS-resultat.

Jag går inte in på Facebook så ofta längre. Jag försöker koncentrera mig på jobbet. Men vad ska jag göra för att få Ellen att erkänna? Jag känner mig så irriterad och missnöjd efter mötet med Fabian. Varför lyckades jag inte hålla distansen till honom? Varför tappade jag kontrollen och lät mina känslor ta över? Varför var jag så svag? Jag bad honom berätta, men det gjorde honom bara arg.

– *Varför skulle jag berätta nånting för dig? Du har väl för fan aldrig varit intresserad av att förstå! Du skiter i mig, och det har du alltid gjort!*

*– Jaså, det tycker du? Hur många gånger tog jag dig inte i försvar mot Sören när vi var små? Hur många gånger tog jag inte på mig skulden för grejer som du hade gjort för att du skulle slippa få stryk? Hur många gånger förlät jag dig inte för allt du gjorde mot mig? Hur länge lät jag dig inte bo hos mig fast du ofta bara behandlade mig som skit? Det är inte jag som skiter i dig utan du som skiter i både dig själv och mig! Sören slog mig också! Mamma*

*dog från mig också! Jag har också förlorat en pappa! Jag har också blivit lämnad och sviken! Jag har också varit med om svåra saker! Men springer jag omkring och slår ner folk för det? Super och knarkar jag för det? Begår jag brott för det? Förstör jag både mitt eget och andras liv för det? Nej, det gör jag inte, och det behöver inte du heller göra!*

Jag höjde inte rösten, jag skrek inte, jag grät inte. Jag bara väste ilsket åt honom där han satt på andra sidan bordet och blängde på mig. Han såg trött och sliten ut, men han är fortfarande ung och skulle lätt kunna... Varför kan jag inte få in i min tröga skalle att det är hopplöst och alldeles för sent att hjälpa honom? Han vill inte, han kan inte, han kommer inte att göra det som behövs för att förändra sitt liv! Jag måste släppa taget och låta honom gå under! Jag måste sörja honom som om han var död! Det är enda sättet om jag ska kunna behålla min sinnesfrid och inte börja tvivla på mig själv.

*Åh, lilla gubben! Var inte ledsen, var inte rädd, jag ska hjälpa dig, jag ska skydda dig, jag ska ta hand om dig, jag ska rädda dig!*

# FRIDA

Jag går igenom vittnesutsagor från tunnelbanestationen och hittar följande: "Jag satt på ett tunnelbanetåg på väg mot T-centralen när tåget plötsligt gjorde en våldsam inbromsning vid en perrong. Det lät väldigt högt, både från bromsarna och signalhornet. Sen kom ett gupp när tåget körde över personen som hade hoppat. Jag minns det fortfarande alldeles tydligt. Först visste man ju inte att det var en människa som hade hamnat under tåget, men det dröjde inte länge förrän man förstod det. Föraren sa det i högtalarna, att en olycka hade inträffat, och sen såg man henne komma ut och springa iväg längs perrongen. Jag skymtade henne bara som hastigast genom fönstret, men hon såg väldigt stressad och uppjagad ut. Rykten som gick i vagnen var att det var en hund som hade hamnat på spåret, men det trodde jag inte riktigt på. Efter en stund flockades ambulanspersonal, poliser och vanliga människor på perrongen medan vi passagerare fick sitta kvar i tåget. Några satt på bänkarna utanför med nerböjda huvuden. Andra stod i grupper och pratade eller gick omkring. Till slut fick vi kliva av tåget. Då höll räddningspersonal fortfarande på och kämpade med det som fanns på spåret."

"Personen som hade hoppat." Hon antog att en person hade hoppat framför tåget, men hon såg det inte hända.

Ett annat vittne uppger: "Jag såg han hoppa. Först stod han och snackade helt vanligt i mobilen, sen började han skrika, sen slängde han ner mobilen på spåret och tog sats och kastade sig rätt ut framför tåget. Eller lite före, innan tåget kom in. Jag tycker att det är så jävla egoistiskt att slänga sig framför ett tåg. Vill man ta självmord kan man väl dränka sig eller hänga sig eller skjuta sig istället. Tänk på den stackars lokföraren och dom som måste ta reda på resterna efteråt! Och tåg blir inställda så att folk kommer för sent till jobbet och så. Det tycker jag att dom som vill hoppa borde tänka på."

"Jag såg han hoppa." Hur trovärdig är han? Han beskriver i detalj det han såg – eller trodde sig se – men nämner inte med ett ord att det stod en kvinna bakom Otto eller att han blev knuffad.

Ett annat vittne säger: "Jag såg en kille som gick omkring och filmade med sin mobil. Sen var det ett fyllo som lallade omkring, och en unge som skrek. Precis innan tåget kom in hörde jag ett annat skrik, men jag vet inte varifrån det kom. Det var inte från han som hoppade i alla fall, för det hördes uppifrån biljetthallen, typ."

"Han som hoppade." Det framgår inte om hon faktiskt såg honom göra det, eller om hon bara antog det.

Men det är väl ingen tvekan om att Otto blev knuffad? Ellen har inte förnekat att hon gjorde det, men hon har inte erkänt det heller. När hon hade förevisats filmen som bevisar att hon befann sig på T-centralen vid den aktuella tidpunkten, och att hon stod alldeles bakom Otto på perrongen, och hon fick frågan varför hon hade ljugit om detta, sa hon bara sitt vanliga "ingen kommentar" och vände bort blicken.

Och faktum kvarstår, att inget vittne har sett henne knuffa Otto. Tågföraren såg *att* han blev knuffad, men inte av vem. Andra vittnen har sett henne stå bakom Otto men inte att hon knuffade honom. Ingen annan än Ellen kan ha knuffat honom avsiktligt. Men oavsiktligt då, av misstag? Det kan väl vem som helst i närheten ha råkat göra i trängseln? Eller begick han självmord i alla fall? Är verkligen den hypotesen helt utesluten?

Nej, jag tvivlar inte på Ellens skuld. Men hundraprocentigt

säker kan man aldrig vara så länge det finns obesvarade frågor och alternativa möjligheter.

Förhöret med Ellens pappa följdes aldrig upp. Jag minns nu att jag blev misstänksam när jag träffade honom. Han berättade att Ellen är enda barnet och att föräldrarnas kontakt med henne inte hade varit bra på länge. Men varför var inte mamman hemma vid mitt besök? Vad var det pappan inte ville att jag skulle se eller höra? Jag får försöka med Ellen igen.

FÖRHÖR

FL: Berätta om din barndom.

EH: Varför då?

FL: Jag vet att du är enda barnet och att du flyttade hemifrån
när du var arton.

EH: Ja, det var då jag träffade Erik och flyttade ihop med ho-
nom.

FL: Vad tyckte dina föräldrar om det?

EH: Dom tyckte om Erik, så det var inga problem. Men när
jag blev gravid redan året därpå tyckte dom att det var lite för
tidigt för oss att bli föräldrar. Fast sen, när Sara väl var född,
var det inga problem. Det har aldrig varit några problem mel-
lan mig och mina föräldrar förrän pandemin kom och Erik
blev sjuk.

FL: Vad var det som hände då?

EH: På grund av smittorisken hade mamma och pappa und-
vikit att träffa oss fast det var tillåtet ibland, och det respekte-
rade vi. Dom visste att Sara och jag inte hade vaccinerat oss
och var väl lite extra rädda på grund av det. Vi pratade aldrig
om det, men sen, när Erik blev sjuk, började det kännas så
konstigt. Vi hade ju pratat i telefon och så hela tiden, men då
var det som om det inte kändes riktigt naturligt längre. Sär-
skilt pappa verkade så annorlunda. Till slut började jag tänka

på det jag hade läst på Facebook, att folk kan bli personlighetsförändrade av vaccinet. Att deras ovaccinerade anhöriga tycker att dom har blivit det alltså, men att inga andra märker det. Jag hade inte trott på det innan, men då när pappa började kännas så där främmande och konstig dök tanken upp. Och till slut var det nästan bara mamma som hörde av sig fast det hade varit båda lika ofta innan. Jag visste inte vad jag skulle tro. Ibland tänkte jag att det bara berodde på att han inte ville störa för att han visste att vi hade det besvärligt just då, eller att han tyckte att det var jobbigt att höra om Eriks alla symtom som ingen begrep sig på. Men jag visste inte, och jag tänkte inte så mycket på det heller, förrän efter Eriks död, för då kom han inte till begravningen. Det var bara mamma som kom. Jag frågade henne om pappa, men jag fick inget ordentligt svar, och sen när jag pratade med honom i telefon i alla fall blev jag nästan rädd, för då kändes det som om han inte var där. Han sa alla dom vanliga sakerna, men han kändes som en mekanisk robot och vi fick ingen kontakt alls. Jag var ju helt nere själv efter Eriks död, men jag kände tydligt att det inte var mig det berodde på att det hade förändrats mellan pappa och mig. Eller det var kanske inte bara mellan oss det hade förändrats, men det visste jag inte. Jag försökte fråga mamma om hon hade märkt att han var annorlunda, men hon verkade inte förstå vad jag menade, och sen tyckte jag att hon också började förändras. Eller om det bara var jag som började reagera annorlunda på saker hon sa.

FL: Vad kunde det vara för saker?

EH: Ja, hon kunde till exempel säga att "nu när jag är dubbelvaccinerad känner jag mig trygg" eller "det är ju dom ovaccinerade som håller pandemin vid liv" eller "det är ju dom ovaccinerade som hamnar på IVA och belastar sjukvården". Och det sa hon, fast hon visste att Erik var vaccinerad och var den enda i vår familj som hade blivit sjuk och behövt sjukhusvård.

FL: Hur reagerade du på det hon sa?

EH: Jag tänkte att hon inte var tillräckligt insatt och att det inte var nån idé att försöka förklara. Och hon visste ju redan vad jag tyckte.

FL: Du sa inget.

EH: Nej. Och det var det som skapade ett avstånd, kände jag, att vi inte diskuterade och gick till botten med det. Men jag orkade inte just då, och sen ville jag inte.

FL: Var du ledsen för hur det hade blivit?

EH: Ja, så fort jag tänkte på det kände jag mig sviken och övergiven. Men jag tänkte att det var mamma och pappa som hade svikit och övergivit sig själva när dom lät sig vaccineras och att det inte var personligt mot just mig. Jag pratade med Sara om det och hon uppfattade det också så och reagerade inte alls lika starkt på det som jag. Hon tyckte att det var tråkigt att inte ha samma kontakt med sin mormor och morfar längre, men hon tog det inte personligt. Hon sa också att dom kanske omedvetet började ångra sprutorna när dom såg hur det gick för Erik, och att det var därför det hade uppstått ett avstånd mellan oss. Och så tror jag också att det var. Inte att det är vaccinet som har förändrat dom. Men jag vet inte. Om dom hade vetat allt som Sara och jag vet och ändå hade valt att vaccinera sig, skulle det ha varit okej, men när jag märkte att deras beslut grundade sig på ren okunskap… Det är deras omedvetenhet och brist på självständigt tänkande som skapar avståndet mellan oss. Jag fattar inte hur pappa, som alltid har förespråkat självständighet och oberoende, plötsligt kunde vara så medgörlig och godtrogen. Och mamma hängde bara på som hon alltid gör, och litade på att han visste bäst utan att ta reda på nånting själv. Jag borde väl tycka synd om dom, men när dom inte ens inser och erkänner att min och Saras kunskap i den här frågan är större än deras, är det jättesvårt för mig att vara förstående och tolerant.

FL: Mm.

EH: Det är fortfarande så konstigt allting… Jag såg på teve att Folkhälsomyndigheten fortfarande tycker att det är viktigt att alla vaccinerar sig för att "skydda sig själv och andra". Men vaccinet skyddar ju varken mot smitta eller sjukdom? Hon sa också att vi har hög immunitet i befolkningen nu och att det är viktigt att alla vaccinerar sig för att bevara den immuniteten. Samtidigt är smittspridningen hög, och man kan bli smittad och sjuk även om man är vaccinerad, sa hon, och antalet dödsfall har inte minskat. Och det är jättemånga som är sjuka just nu, har jag förstått. Så vad är det befolkningen har hög immunitet mot? Immunitet trodde jag betydde att man har ett skydd mot vissa smittsamma sjukdomar. Har det ordet fått en annan betydelse nu helt plötsligt? Jag började gråta när jag hade tittat klart, för jag förstår inte vad dom håller på med! Det finns god tillgång på vaccin, sa hon också. Ska alla hålla på och vaccinera sig i all evighet nu, vare sig det hjälper eller inte, och vare sig det behövs eller inte? Hundratusen biverkningar har inrapporterats, och ändå bara fortsätter dom! Förlåt, jag blir ledsen bara jag tänker på det.

FL: Gråt du bara. Jag blir också ledsen av det.

EH: Ja, det är så hemskt... Ibland tänker jag att det är lika bra att jag...

FL: Ja? Vad var det du tänkte säga?

EH: Nej, det var inget. Kan vi sluta nu?

# FRIDA

Jag undrar vad det var Ellen var på väg att säga strax innan vi avslutade förhöret. Att det är lika bra att hon erkänner? Det är ju vad jag hoppas att hon menade, men det kan lika gärna ha varit helt andra saker hon tänkte på.

Jag fick henne att bryta den nya tystnaden i alla fall. Att be henne berätta om föräldrarna visade sig också vara en fungerande ingång. Jag borde kanske prata med hennes mamma också för att få en så komplett bild som möjligt.

Jag spelar in alla våra samtal, men det är bara uppgifter som har betydelse för utredningen som kommer med i utskrifterna. Och än så länge har vi inte nått fram till kärnpunkten. Att hon grät var ett gott tecken, men det betyder inte att hon är känslomässigt öppen på alla plan. Risken att hon sluter sig igen om jag pressar henne är fortfarande stor, så jag har bestämt mig för att avvakta med det, trots att tiden är knapp. En utredning ska ju bedrivas så skyndsamt som möjligt för att åtal ska kunna väckas inom rimlig tid. Får vi inte snart fram uppgifter som stärker bevisningen, kommer utredningen med största sannolikhet att läggas ner.

# FÖRHÖR

FL: Du heter alltså Marianne Boström och är mamma till Ellen Haglund. Jag har ju pratat med din man tidigare, och vid det tillfället var du inte hemma, så jag tänkte att det kunde vara bra om du och jag också träffades, med tanke på Ellens situation just nu.

MB: Ja, jag har tänkt på det själv, att jag borde prata med den som har hand om utredningen. Vi har ju inte lyckats få kontakt med henne fast vi har försökt. Hur mår hon? Hur har hon det?

FL: Efter omständigheterna mår hon bra.

MB: Är det dig hon brukar prata med?

FL: Ja, mestadels.

MB: Vad säger hon då? Om det hon är misstänkt för, menar jag.

FL: Det kan jag tyvärr inte gå in på.

MB: Nej, det är klart. Men det måste ju vara fel…

FL: Hur har ni det själva just nu, du och din man?

MB: Vi är oroliga och ledsna, naturligtvis, och förstår inte hur det har kunnat bli så här. Ellen har ju alltid varit så lugn och redig av sig.

FL: Du tycker att hon har förändrats?

MB: Ja, det måste jag nog säga att hon har. Efter Eriks död har hon inte alls varit sig lik. Men det beror väl på allt hon har fått gå igenom i samband med hans sjukdom och död. Det kan ju inte ha varit lätt. Vi har ju inte kunnat hjälpa henne heller, på grund av pandemin och smittorisken. Det är inte mycket man kan göra då annat än att hålla sig undan. Birger och jag har tillbringat en stor del av vår tid i stugan, där vi har allt vi behöver. Det har ju passat så bra nu att vi har stugan att åka till när det är kris i samhället och myndigheterna rekommenderar att man ska hålla sig undan så mycket som möjligt. Så begravningen fick Ellen ta hand om helt ensam, och det var bara jag som vågade mig dit. Birger ville helt enkelt inte utsätta sig för risken att komma nära henne. Jag höll mig på avstånd jag också, men jag var där i alla fall. Hon är ju inte vaccinerad. Hon har väl berättat för er att hon är ovaccinerad, så att ni kan...? Ja, ja. Det är naturligtvis upp till var och en hur man vill göra, men att vårt barnbarn Sara, som jobbar inom sjukvården, inte tar sitt ansvar tycker vi nog är lite märkligt. Borde hon inte tänka på alla gamla och sköra som hon träffar på jobbet och kan smitta ner? Ja, jag vet inte... Jag vet inte riktigt vad jag ska säga om allt som har hänt. Det har skett liksom på avstånd, och jag har nästan inte fattat att Erik är borta. Att han är död och dog så ung. Han hade ju inte ens fyllt femtio. Men Ellen mår bra nu i alla fall? Ja, ja. Hon vill ju inte träffa oss, så vi vet inte. Hon har blivit så hård och avvisande, tycker vi.

– Är det inte konstigt att Maja är så lugn och stabil efter allt hon har varit med om i sitt liv?

– Jo. Men hon har alltid varit bestämd och kunnat hävda sig själv.

– Ja, jag tänkte på det när jag läste förhören med henne.

– Det var så jag mindes henne som liten, och det är så hon fortfarande är. På så sätt har hon inte förändrats.

– Var Sandra en bra mamma?

– Hon var ju labil under graviditeten, men så fort Maja var född gick det bra. Det var faktiskt inga problem alls förrän Sandra och jag började glida ifrån varann.

– Var det då hon började hitta på saker om dig?

– Mm.

# FRIDA

Ellens mamma var en kraftig kvinna i sjuttioårsåldern med bleka blå ögon och krusigt grått hår. Hon verkade lite obekväm med situationen och undvek ofta min blick. Hon hade munskydd på sig under hela vårt samtal. Intresset hon visade för Ellen och hennes situation kändes ganska ytligt och det var lite svårt att tolka. Men min flyktiga misstanke om misshandel kan jag i alla fall avskriva. Hon kändes lite avskärmad men absolut inte kuvad och rädd. Osjälvständig och lurad är hon kanske, men inte misshandlad.

Jag börjar tro att vi inte ska lyckas ro det här i land. Vi kommer inte att få fram tillräcklig bevisning mot Ellen för att åtal ska kunna väckas. Om det inte går att identifiera gärningspersonen, eller om det inte finns några vittnen till brottet, eller om det inte finns några tekniska bevis, eller om det inte finns några ytterligare spår att följa, och om bevisningen inte räcker för en fällande dom, ska förundersökningen läggas ner. En nedlagd förundersökning kan visserligen tas upp igen om det framkommer nya omständigheter eller nya bevis, men det kommer med största sannolikhet inte att hända i det här fallet.

Jag går in på Facebook. Ellen har rätt i att spektaklet med vaccineringen bara fortsätter. Det är faktiskt helt obegripligt att Folkhälsomyndigheten kan fortsätta med sina uttjatade mantran att "vaccinerna skyddar både dig själv och andra", "vaccinerna är säkra och effektiva" och "vaccinerna skyddar mot svår sjukdom och död". Inget av det är ju sant. Och det Anders Tegnell säger i sitt senaste pressmeddelande framstår närmast som ett skämt.

# FACEBOOK

**Cecilia Malm**
God morgon alla FB-vänner.
I dag får jag fjärde sprutan. Jag undanber mig varningar och goda råd från antivaxxare och självutnämnda experter. Jag är medveten om riskerna, och även om jag blir lite vissen någon dag efter dosen tycker jag att fördelarna överväger.
Kramar till er alla. Jag önskar er en underbar måndag.

**Tanja Wik**
Efter den första sprutan fick du urinvägsinfektion, efter den andra fick du lunginflammation, efter den tredje fick du covid och bältros. Men det är klart du ska ta den fjärde! Klokt beslut!

**Bodil Holmsten**
God morgon Cecilia.
Jag väntar oxå på nr 4 och sen lever vi för evigt!

**Ingemar Sjögren**
Man kan uppenbarligen inte få nog med vaccin. Sent om sider har även jag testat positivt. Lindrigt sjuk men saknar all ork.

**Cecilia Malm**
Fattar inte alls hur det funkar. Min 43-åriga vältränade 3-vaccinerade granne har haft covid två gånger med hög feber båda gångerna. Min 78-åriga ovaccinerade och ganska skröpliga väninna har haft covid en gång men blev bara lite förkyld. Ingen logik alls i det.

**Tanja Wik**
Men ändå ska du...? Var har du logiken?

**Stella Lovén**
SVT: "Folkhälsomyndigheten presenterar nu två nya scenarier för våren. Enligt den mest troliga utvecklingen, scenario 0, kommer smittan att plana ut från och med mars för att sedan ligga på mycket låga nivåer fram till sommaren.
  – Även om smittan skulle öka igen så är det osannolikt att många skulle drabbas av svår sjukdom", säger statsepidemiolog Anders Tegnell i ett pressmeddelande.
  Ett mindre troligt scenario, scenario 1, tar dock upp effekten av att en ny virusvariant dyker upp. Där ser man en möjlig utveckling av en ny virusvariant "av särskild betydelse" omkring 20 mars. Varianten skulle ha samma smittsamhet som omikron, och i så fall skulle en ny topp kunna nås i mitten av maj."

**Lizzie Lundmark**
Ny variant beställd till den 20 mars! Boka era boosters redan nu!

**Jeanette Fransson**
Men kan dom inte tala om vilken tid på dagen den börjar också så jag hinner ta en kopp kaffe innan?

**Tobias Backlund**
Lagom till den sedan länge planerade nationella vaccina-tionsveckan den 14–20 mars alltså! Det passar ju bra!

**Lizzie Lundmark**
Om det verkligen skulle dyka upp ett nytt virus i

samband med vaccinationsveckan finns det bara en sak att säga: Grattis regeringen! Ni är såå duktiga och har en såå fin spåkula!

**Stina Svärd**
Det skulle väl snarare bevisa att allt är styrt och noga planerat?

**Kajsa Bishop**
Fy fasen vad bra, nu kan man klocka exakt när nästa virus kommer!!! Då kan vi ju stå redo med ett nytt vaccin direkt!!! Praktiskt och bra, och gynnsamt för dom som har tjänat och fortsätter att tjäna miljarders miljarder på den här cirkusen!!!

**Stella Lovén**
Det nya vaccinet finns redan!
FHM: "Det är viktigt att alla som omfattas av rekommendationerna och kan vaccinera sig mot covid-19 gör det. Det är och förblir det viktigaste verktyget för att hålla pandemin under kontroll, och vaccinet skyddar både dig själv och andra. Nu har vi både mRNA-vaccinerna och ett proteinbaserat vaccin, de är alla säkra och effektiva, säger Anders Tegnell, avdelningschef och statsepidemiolog på Folkhälsomyndigheten. Vaccinationstäckningen i Sverige är hög, men det är fortfarande drygt 1 miljon vuxna som inte har vaccinerat sig. Nuvaxovid blir ett nytt och kompletterande vaccin. Folkhälsomyndigheten rekommenderar regionerna att ge personer som ännu inte vaccinerats möjligheten att välja Nuvaxovid."
Tror dom verkligen att vi som tillhör den miljonen skulle ta ett ANNAT vaccin istället? Fattar dom inte att vi har gjort ett medvetet val? Fattar dom inte att vi inte vill ha deras jävla vacciner? Fattar dom INGENTING??? Och

varför behövs nuvarande vacciner, som påstås skydda så bra och är så effektiva och säkra, kompletteras helt plötsligt?

**Jerry Selander**
Ja, nu får dom väl för fan ge sig!

**Josefin Ring**
Jag lovar och svär att allt media och alla andra tycker att man ska stödja stödjer jag. Jag litar på att allt de säger är hundraprocentigt sant, och jag håller med till hundra procent om allt de skriver och säger. När nästa grej dyker upp som media, politiker, myndigheter, forskare och alla andra tycker att jag ska ställa mig bakom så kommer jag även då att okritiskt och hundraprocentigt ställa mig bakom det. Jag kommer automatiskt och å det bestämdaste även förkasta all annan information och alla motsatta åsikter om det jag stödjer och fördöma alla människor som har en annan syn på det än jag. Amen.

**Philip Gardner**
We know they are lying.
They know they are lying.
They know that we know they are lying.
We know that they know that we know they are lying.
And still they continue to lie. (Alexander Solzjenitsyn)

**Jerry Selander**
Nu ska du inte vara otacksam, Stella! Detta "proteinvaccin" kommer att vara jättenyttigt för kroppen!

**Ida Forslund**
O ja, att det är nyttigt hör man ju redan på namnet. Ingen kan tacka nej till lite stärkande protein!

**Ylva Borén**
Skulle aldrig falla mig in! Det är absolut helt uteslutet att jag någonsin igen skulle ens överväga att lita på vad FHM säger.

**Gunilla Gelin**
Spelar ingen roll vad de hittar på, här tas inga jävla sprutor!

**Ida Forslund**
Men om du tar dom får du BÅDE en pizza och en partyhatt! D du!

**Eva-Britt Olofsson**
Att dom bara orkar hålla på – och samtidigt skämma ut sig så grundligt!

**Hillevi Nyman**
Apropå skämma ut sig... Jag blir så nedstämd av att höra om alla föräldrar som flyger utomlands med sina barn på sportlovet! Ursäktar man sig med att det är för barnens skull så är det en väldigt dålig ursäkt. Bryr man sig om sina barn och deras framtid så finns det inga ursäkter alls för att sätta sig på ett flygplan! Gör något kul hemma istället!

**Tobias Olsson**
Ja, hur kan man göra så mot sina barn? Det är riktigt obehagligt att se och höra. Föräldrar ska ju skydda sina barn, inte tvinga dem att medverka till att påskynda sin egen undergång.

**Anders Bedford**
Ingen koppling mellan mitt eget handlande och tillståndet
på planeten. Ingen koppling mellan mig själv och mina
barns framtid. Jag och nu och mina egna behov är det
enda som gäller, eftersom jag är så viktig och verkligen
förtjänar det! Dessutom står ju flygresorna bara för en
liten del av utsläppen, vilket gör mig HELT oskyldig!

**Viveka Bauer**
Jag döljer alla vänner som flyger på semester. Orkar inte
se det i mitt flöde men orkar inte heller kommentera, för
dom känner sig bara skammade. Har försökt tidigare
men det har sällan landat bra, och jag har inte energin
att hela tiden vara den som påpekar.

**Sylvia Brundin**
Jag har "vänner" som har tagit bort mig för att jag skriver
inlägg om klimatet och miljön och de känner sig träffade.
Detsamma gäller mina inlägg om sprutorna och propa-
gandan.

**Ingela Nordin**
Jag kan inte längre umgås med "vänner" och bekanta som
fortsätter att flyga. Jag står inte ut med deras egoism och
totala brist på ansvarstagande. Jag kan inte dölja min
avsky och mitt förakt för deras egocentriska imbecilla
slapphet. Jag klarar inte av att låtsas som ingenting längre.
Det går bara inte. Åt helvete med alla jävla svikare som
fullt medvetet förstör för alla!

**Siv Mårtensson**
Jag tycker det jobbigaste är att ha riktiga, nära vänner
som fortsätter att flyga. Jag kan inte bara ta bort dem ur
mitt liv och har inte tillräckligt med guts för att

konfrontera dem ordentligt. Det är mycket lättare att prata med ytligt bekanta och främlingar om det, så jag har nog kommit fram till att jag får lägga krutet där. Så jävla svårt!

**Hillevi Nyman**
Jag har tagit bort flera vänner som jag inte orkar se. Jag kan inte förstå hur dom tänker och verkligen inte hur dom som har barn tänker. Förstår också att man inte orkar påpeka, så man får hålla sig till sin lilla smarta krets som faktiskt fattar och som har styrkan och intelligensen att göra något för framtida generationer!

**Caroline Lundberg**
Men snälla ni, det här med klimathotet är till största delen bara falsk skrämselpropaganda! Vi behöver absolut inte sluta flyga!

**Siv Mårtensson**
Herregud! Är du vän med henne, Hillevi?

**Hillevi Nyman**
Inte nu längre. Efter den kommentaren tog jag bort henne. Man vill ju inte vara vän med vilka korskallar som helst.

**Ingela Nordin**
Snart åker hon till Cypern med sina två små pojkar. Lärare är hon också, ser jag.

**Siv Mårtensson**
Stackars barn som har en sån mamma!

**Madeleine Oskarsson**
Jag inser att jag lever i min egen lilla bubbla med
upplysta människor som har insett hur enormt allvarlig
klimatkrisen är. Att vistas utanför den bubblan och möta
en annan verklighet med självupptagna och klimat-
förnekande människor gör mig mörkrädd. Dels är det allt
hat som väller fram mot dem som försöker göra vad de
kan för att hejda de värsta effekterna av klimatkata-
strofen, dels är det den totala ovetskapen om att en
klimatkris över huvud taget existerar. Det är djupt
deprimerande faktiskt. Hur har det blivit så här och vad
kan vi göra? En viktig sak är att politiker och media
måste säga sanningen om klimatkrisen och behandla
den som det hot mot vår civilisation som den är. Hur ska
människor annars fatta?

**Sofia Wahlund**
Känner detsamma. Jag tappade sugen för ett tag sen,
skriver eller säger ytterst lite nu, för jag orkar inte med all
okunskap och ignorans och alla spydigheter och
elakheter. Jag har tappat hoppet. Har dragit mig tillbaka,
vilar lite och räknar med att snart komma igen.

**Anders Blomqvist**
Ja, skönt att vi har en så fri och öppen debatt i Sverige!
Man kan verkligen diskutera och debattera vad som
helst. Ja, förutom några små och besvärande frågor då
förstås, som till exempel vaccinskadorna, invandringen
och klimathotet. Men annars kan man fritt tycka till om
sin favvomellolåt, sitt favoritidrottslag, sina härliga resmål
och läckra maträtter. Fantastisk öppet och demokratiskt.

**Anita Svanberg**
Alla ska flyga till Mallis nu. Alla som flyger mördar.

**Niklas Chopra**
Klimathotet är väl i alla fall ganska allmänt erkänt nu?
Men tyvärr är det redan för sent att hejda utvecklingen.
Den globala temperaturhöjningen kommer att leda till
att det blir ännu mer av stormar, skyfall, översvämningar,
värmeböljor, torka, skogsbränder och höjda havsnivåer.
Ju varmare det blir desto mer omfattande blir följderna
med matbrist, vattenbrist, sjukdomar och skador på
ekosystemet och infrastrukturen. Det enda vi kan göra nu
är att förbereda oss på det värsta.

**Torsten Brundin**
Greta och övriga klimatfanatiker kan säga vad de vill.
Människan påverkar miljön vi lever i, men vi har inte en
millisekunds påverkan på klimatet. Ni klimatfanatiker kan
lägga ner vad det nu än är ni håller på med, för ni gör er
enbart till åtlöje i våra historieböcker.

**Anders Blomqvist**
Och det påstår du fast 97 procent av världens klimat-
forskare är överens om motsatsen? Tjusigt, Totte!

**Anita Svanberg**
Världens befolkning hotas av klimatförändringarna. All
världens pengar fanns till vaccin och tester och propa-
ganda, men pengar till att hejda klimathotet, det finns
det inte. Skitvärld!

**Georg Karlén**
Vi har alla ett ansvar, det yttersta ansvaret för våra egna
liv, vi har även ett kollektivt ansvar för andra människor,
djur och Moder Jord. Det är dags att vi börjar ta det

ansvaret nu och inte lämnar över det i makthavarnas och andra okunniga och egoistiska människors händer, för det kommer inte att sluta väl för någon om vi fortsätter att göra så.

### Kerstin Bergwall
Det är bra konstigt att det alltid ska bli något annat som skrämmer mer än klimatförändringarna. Nyss pandemin och nu lille Putte och hans hot mot Ukraina och kanske hela Europa.

### Lena Nielsen
Vi blir grundlurade, och det visar sig nu med hot om krig, hot om nya virus, mer press på alla att vaccinera sig, lagändringar och skyhöga priser. Det är bara några av deras knep för att hålla oss i schack. De behöver att vi är rädda och lydiga för att få igenom det de så hett önskar. Gå inte på det. Om media säger titta dit, så vänd blicken åt precis motsatt håll så ser du vad som är på väg. De, WEF, vill ha sin ekonomiska omställning och nya världs-ordning genom The Great Reset. Det är ingen hemlighet. Allt finns att läsa. Men vad de kommer att få är The Great Awakening.

# FRIDA

Jag hade rätt. Det blir inget åtal. Efter att ha vägt samman alla omständigheter i ärendet och kommit fram till att den nuvarande bevisningen är otillräcklig, har åklagaren meddelat ett så kallat negativt åtalsbeslut. Det innebär att förundersökningen läggs ner.

Så mycket jobb till ingen nytta... Det känns ganska surt. Och det ligger nära till hands att börja tvivla på sig själv. Men alla i gruppen vet att min strategi var den enda gångbara. Så fort Ellen blev pressad tystnade hon. Mina manliga kolleger använde sig hela tiden av en mer konfrontativ förhörstaktik, och det fungerade inte. Det var bara jag som fick henne att kommunicera. Och jag är ganska säker på att jag skulle ha fått ett erkännande till slut. Jag kände att vi började närma oss det. Men tiden räckte inte till och nu är det för sent.

Jag undrar hur hon känner sig nu. Sista gången jag träffade henne sa hon inte så mycket. Men trots att jag vet att jag gjorde allt jag kunde, dyker självtvivlet upp. Borde jag inte ha försökt styra henne lite mer? Borde jag inte ha pressat henne ändå? Lät jag förtroendeskapandet ta för lång tid? Var jag för slapp och eftergiven?

Ingen ifrågasätter mitt agerande utom jag själv. För det var ju inte bara jag som misslyckades med att få fram ett erkännande. Och egentligen var det inte avsaknaden av ett erkännande som gjorde att det gick som det gick utan att det inte fanns några tekniska bevis. Vi har inget att anklaga oss för. Dessutom kan jag inte låta bli att tänka att hon har straffats nog. Vem skulle tjäna på att hon hamnade i fängelse? Om jag ställer den frågan i relation till min starka vilja att få fram ett erkännande så får jag nog vara ganska nöjd med utgången ändå. Jag är fortfarande helt säker på att det var hon som knuffade Otto, och jag skulle gärna vilja veta varför, men lika lite som jag kan känna att Christina begick ett grovt brott när hon hjälpte Carina att dö, kan jag känna att Ellen har gjort det. Juridiskt sett har det naturligtvis ingen som helst betydelse vad jag känner, men om det sammanfaller med lagen på så sätt att ingen kan dömas utan tillräcklig bevisning, finns det inte mycket att gräma sig över, tycker jag.

# FRIDA

Maja och jag. Tänk att vi har fått så bra kontakt. Tänk att hon känner förtroende för mig och tycker om att prata med mig. Tänk att hon finns i mitt liv nu.

*– Har du varit ihop med många killar, Frida?*
    *– Nej, inte så många.*
    *– Har du bott ihop med nån då?*
    *– Ja, med en som hette Viktor.*
    *– Ska inte du och pappa bo ihop då?*
    *– Kanske.*
    *– Han kan ju bo hos dig istället för hos Jesper.*
    *– Ja, det skulle han kunna. Men vill du inte ha honom för dig själv då?*
    *– Nej, jag vill ha dig också. Du är typ mycket lättare att prata med än pappa för att du är tjej.*

Hon tycker att Mats och jag ska flytta ihop. Vill vi det? Ja, Mats vill det nog, men vill jag? Jag är rädd att det ska gå som det gick med Viktor, och som det gick med vissa killar som jag var ihop med i tonåren, att han ska tycka att jag är för självständig och upptagen av mina egna intressen och ägnar för lite tid åt honom och vårt förhållande. Nej, jag vet att han inte skulle känna så, eftersom han har lika stort behov av frihet själv. Han har aldrig krävt mer tid och uppmärksamhet av mig än jag helt självklart har gett honom, och det skulle han inte göra om vi bodde ihop heller. Men att ha skilda hushåll gör att man slipper onödiga diskussioner om småsaker som man inte är överens om och som kan ge upphov till gräl, och man slipper ta hänsyn och anpassa sig. Jag har aldrig varit bra på det, och om vi bodde ihop skulle jag vara tvungen att anpassa mig till både honom och Maja. Jag vågar inte riskera att jag skulle känna mig begränsad av att ha det så och kanske förstöra alltihop. Det är möjligt att jag ändrar mig senare, men just nu är det så jag känner.

## FRIDA

Ellen vill träffa mig. Det kan inte gälla mycket annat än att hon vill berätta sanningen för mig. Att hon vill erkänna. Att hon vill förklara varför hon knuffade Otto.

Erkänner hon, måste jag ta det vidare. Det måste jag, och det inser hon väl? Eller är det rent av det hon vill? Orkar hon inte med skuldbördan längre och vill sona sitt brott?

Vad händer med en människa som vägrar erkänna sin skuld? Som går omkring med ett mord eller dråp på sitt samvete utan att berätta det för en levande själ? Som inte är beredd att ta sitt ansvar och avtjäna sitt straff? Vad leder den inre isoleringen till, mer än till känslor av ensamhet och utanförskap? Upplever man ingen skuld eller ånger, eller till och med anser att det man gjorde var det enda möjliga just då, klarar man det kanske, men i annat fall? Om det absolut enda man vill är att ha det ogjort för att slippa plågas av outhärdliga samvetskval?

Själv kom jag förhållandevis lindrigt undan när det gäller skuldkänslor. Det jag gjorde mig skyldig till var ju inget jag råkade göra i hastigt mod, för att jag blev arg och tappade kontrollen. Det var inga personliga känslor som drev mig. Men jag borde ha kunnat oskadliggöra honom utan att döda honom. Det är där min skuld ligger. Att jag inte klarade av att utföra mitt tjänsteuppdrag på bästa sätt. Men den skulden väger lätt i jämförelse med den man måste känna när man av personliga skäl, och kanske utan uppsåt, har dödat en annan människa.

Som jag tror att Ellen har gjort.

Som jag tror att hon har bestämt sig för att erkänna nu.

Som jag i så fall måste gå vidare med.

Eller måste jag inte det?

I Sverige är man skyldig att anmäla brott som är "å färde", det vill säga brott som man ser håller på att ske. Det gäller framför allt grövre brott som mord och misshandel. Om man riskerar att själv försättas i fara, eller själv kan komma att bli misstänkt för brottet, behöver man inte anmäla den sortens brott heller. Annars har vi ingen generell anmälningsskyldighet vid brott i Sverige. En person som känner till att ett brott har begåtts bakåt i tiden är inte skyldig att anmäla det. Om det rör sig om ett avslutat brott har man alltså ingen skyldighet att anmäla oavsett brottets karaktär.

Otto var en skithög som förtjänade att dö.

Nej, alla människor är lika mycket värda, och ingen förtjänar att bli dödad.

Ja, alla *barn* är lika mycket värda, men senare i livet är det hur stor eller liten skada man gör här i världen som bestämmer ens värde, tycker jag.

Jag minns en mordmisstänkt kille som försökte framstå som ärlig och oskyldig genom att bli lite filosofisk under förhöret.

*– Vad har ett människoliv för värde? Enda anledningen till att man låter bli att göra vissa saker är att man oroar sig över vad andra ska tycka, och diverse sociala lagar och regler. Mord borde vara mer accepterat i samhället, för det finns väldigt många som enbart förtjänar ett skott i huvudet. Det kan ingen förneka. Vem som ska bestämma vem som förtjänar vad är dock en annan fråga. Därför bör man kanske hålla sig inom lagens gränser om man inte har planerat mordet in i minsta detalj. Men visst har vi alla nån som vi gärna skulle vilja mörda? Tror inte jag är så värst annorlunda är dom flesta andra när det gäller det. Men att ta steget*

*från teori till handling kräver nog dock en alldeles särskild typ av person. Själv skulle jag förmodligen inte klara av det i verkligheten.*

Det var inte jag som förhörde honom, men jag såg inspelningen, och trots sitt "rättframma" lilla tal fälldes han senare för mord.

Mord borde vara mer accepterat i samhället eftersom det finns många som förtjänar att dö, tyckte han.

Är det åt det hållet jag är på väg? Nej, det är det inte. Ingen ska ha rätt att sätta sig över lagen. Men att vissa mordoffer känns mindre behjärtansvärda än andra, och att vissa mord känns mindre orättfärdiga, går inte att förneka. Och om Mats kunde välja att skydda en brottsling, kan jag också välja att göra det. Det kan jag, men jag vet inte om det är det jag kommer att göra.

Tack för att du ville komma och lyssna på mig. Jag minns
första gången du var här, innan jag blev misstänkt och anhål-
len. Det är enda gången jag har ljugit för dig. Det hade varit
bättre om jag hade berättat att jag var på stationen, men jag
trodde att jag skulle slippa bli inblandad om jag sa att jag inte
hade varit där.

Men nu ska du få veta hur det var. Det är därför jag har
bett dig komma. Låt mig prata bara, som du har gjort hela
tiden förut, för att du visste att jag behövde det. Du har väl
ingen dold mikrofon på dig? Nej, det tror jag inte. Jag litar
på dig. Och visst är det som min advokat talade om för mig,
att ett erkännande inte räcker för att bli åtalad och dömd om
det inte finns annan bevisning också? Jag tänker inte berätta
det för dig i din egenskap av polis utan i din egenskap av klok
medmänniska och kanske vän, om du kan hålla med om att
vi är det? Allt jag säger nu, är alltså ämnat för bara dina öron.
För du det vidare, kommer jag att förneka vartenda ord.

När utredningen lades ner kändes det bara tomt och oav-
slutat. Jag hade ju inte mycket att se fram emot heller. Det
har jag fortfarande inte. Sara finns här, men mamma och
pappa får jag ingen kontakt med. Jag har försökt, men det går
inte. Jag har tappat allt förtroende för dom och kommer inte
att berätta sanningen för dom. När jag tänker på hur dom
bemöter mig, och bemötte mig redan innan allt det här hän-
de, blir jag lika ledsen som om dom vore döda och borta för
alltid. Och det är kanske så det kommer att bli. När jag fick
beskedet att jag inte skulle bli åtalad ringde jag till mamma,
och jag vet att jag lät precis som vanligt, även om jag kände
mig lite misstänksam och på min vakt. Jag talade om för

henne att jag var fri och inte skulle åtalas. Reaktionen jag fick var bara ett lamt "jamen så bra". Hon frågade inte hur jag mådde, och hon frågade inte hur jag har haft det under hela den här tiden. Jag vet inte vad hon tycker och jag vet inte vad hon tänker. Jag vet inte ens om hon tror att jag är skyldig eller oskyldig. Hon har slutat intressera sig för mig, och jag förstår inte *varför*! Det känns som om vi befinner oss i två skilda världar och inte kan mötas. Dra åt helvete! tänker jag ibland. Försök inte lura mig att gå med på att allt är som vanligt när det inte är så! Försök inte få mig att blunda för, eller tro på, eller delta i ert självbedrägeri!

Innan jag blev riktigt medveten om förändringen anpassade jag mig och lät mig dras med, fast det inte alls kändes bra. Men det gör jag inte längre. Det vill jag inte. Det kan jag inte. Jag vet inte vad det är som har hänt, och jag förstår inte vad det beror på, men nu känner jag tydligt att jag måste akta mig för det. Jag får absolut inte bli indragen, för då sviker jag mig själv. Då förnekar jag sanningen och accepterar lögnen.

Det är så obegripligt och sorgligt att det har blivit så här. Jag blir ledsen bara jag tänker på det. Allt vi hade är borta, men det är bara jag som tycks märka det och sakna det. I nästa stund blir jag arg. Ja, är det så ni vill ha det så! Men aldrig att jag kommer att delta i det igen!

Det värsta är att det är så svårt att förklara varför jag inte vill mer. För hur får man mekaniska robotar att förstå känslor? Det går inte. Och drar jag mig undan så är det mig det är fel på. Då är det jag som beter mig konstigt och sviker. Då är det jag som får ta ansvar för alltihop, fast ingenting av det som har uppstått beror på mig. Det är så jävla orättvist!

Ibland tror jag nästan att det är sant som en del skriver på Facebook, att vaccinet kan ge personlighetsförändringar och att det är det som har hänt med mamma och pappa. För vad kan det annars vara? Det började redan innan det med Otto hände, så det kan inte ha med det att göra i alla fall.

Jag trodde att mamma och pappa älskade mig. Jag trodde att dom ville att jag skulle följa min inre övertygelse och bry mig om mig själv. Men det är när jag gör det som är rätt för mig som dom tar avstånd från mig. Hur kan dom göra så när det är dom själva som har gjort fel? Jag vill att dom ska förstå varför Sara och jag inte har vaccinerat oss, och jag vill kunna berätta för dom om Otto. Men det går inte, och det gör mig så ledsen.

Jag kommer inte att ta fler initiativ. Om vi bara ska ha ytlig kontakt, som man kan ha med vem som helst, är det ingen mening med att vi träffas. Jag skulle bara bli ledsen för att det inte är som förut. Och jag orkar inte låtsas mer. Jag vill inte. Dom kan sitta där i sin stuga på landet och vara rädda för smittan och kriget och sanningen och känna sig nöjda med att dom var så väl förberedda på allting, men jag tänker inte åka dit.

Det var för att mamma och pappa inte fanns där och kunde lyssna på mig som det kändes så tomt och oavslutat när utredningen blev nerlagd. Att det kändes oavslutat berodde på dig också, på att du hade lyssnat på mig och låtit mig berätta utan att försöka tvinga mig att erkänna. Det kändes inte rätt att du inte hade fått veta allt. Jag kommer att berätta sanningen för Sara, men jag vill att du också ska få veta den, när du ändå vet så mycket annat om mig. Det är inte mer än rätt att jag berättar, efter allt tålamod du har haft med mig. Jag vet att du kommer att förstå. Sara har en kompis som är polis, och det har visat sig att hon har hört talas om dig och vet vem du är. Hon har berättat för Sara vad du har gjort. Det förklarar varför jag hela tiden har känt att du förstår. Eller var det bara taktik från din sida att få mig att känna så?

Jag hade hört ryktas att Otto var pedofil. En gång när jag var tvungen att gå till hans rum för att överlämna ett papper, och han var på toa när jag kom dit, hade han ett USB-minne öppet i datorn. Det var en lång lista med filer döpta till olika kvinnonamn. Jag associerade direkt till barn då, eftersom jag hade hört det där ryktet. Efter varje namn stod det en låg siffra, som kunde vara åldern. Ada, fem, kommer jag till exempel ihåg att jag såg. Men det var kanske inte alls barnporr i dom där filerna fast jag fick den associationen. Hittade ni porr hos honom när ni gick igenom hans saker?

Om Otto inte hade varit som han var hade det aldrig hänt. När jag blev gripen och hade tänkt igenom alltihop förstod jag att bevisen antagligen inte skulle räcka och bestämde mig för att chansa på att jag inte skulle bli åtalad. Jag ljög för dig när jag sa att jag inte var på stationen när det hände, och det kunde ni bevisa, men att jag var där bevisade ju inte att jag hade gjort det. Hade jag blivit åtalad och dömd skulle jag kanske ha erkänt till slut, men inte innan jag visste hur det skulle gå. Varför ska jag erkänna när inte myndigheterna erkänner? tänkte jag ibland. Varför ska jag ta mitt ansvar när inte makthavarna tar sitt? Och jag kunde inte tänka mig att sitta i fängelse.

Jag är sjukskriven nu, och hur det ska bli att börja jobba igen vågar jag knappt tänka på. Jag tror att alla kommer att känna sig besvärade i min närhet och dra sig undan. Ingen kommer att våga fråga om jag dödade honom eller inte. Alla kommer att tissla och tassla bakom min rygg. Jag kommer att hamna utanför och känna mig som ett ufo. När du kom till jobbet och ville ha information om Otto tänkte jag först att jag skulle ligga lågt och inte avslöja vad jag tyckte om honom, men sen bestämde jag mig för att vara ärlig och säga som det var. Många av mina kollegor visste ju att jag avskydde honom och hade kanske nämnt det för polisen, och då skulle det verka konstigt att jag inte berättade det själv, tänkte jag. Och jag har så svårt att ljuga. Hålla inne med saker kan jag, men ljuga är jag inte bra på, och när det gällde vad jag tyckte om Otto var det bäst att hålla sig till sanningen, bestämde jag.

Efteråt ville jag inte erkänna vad jag hade gjort. Jag kunde inte. Så länge jag inte hade fått ordning på mina känslor kunde jag inte. Jag var alldeles tom och visste inte vad jag kände. Jag visste inte om jag ångrade mig eller om jag kunde stå för det jag hade gjort. Men hur ska man kunna stå för att man har dödat en annan människa?

Det var ju inte alls planerat, utan bara en hastig impuls som fick mig att göra det, och den impulsen känner jag mig inte ansvarig för. Jag var ansvarig för att jag inte hejdade den, men att jag fick den rådde jag inte för. Jag förstod ju varför den dök upp och kunde inte döma mig själv. Mina känslor var blandade och jag visste inte hur jag skulle hantera situationen.

Jag stod där på perrongen och tänkte på Erik med en het klump av oro i magen, och Otto stod en bit framför mig nästan ute på den vita kanten och pratade i sin mobil. Plötsligt hörde jag honom klart och tydligt säga: "Antivaxxarna borde vara mindre oroliga för vaccinets biverkningar än för att trilla över kanten på den platta jorden." Och så skrattade han. Jag stod bara en knapp meter bakom honom, och utan att tänka tog jag ett steg framåt och satte händerna mot hans rygg och knuffade till honom så att han föll ner på spåret. Jag var vagt medveten om att tåget närmade sig, men det var bara en slump att jag knuffade till honom just då, för det jag reagerade på var det jag hörde honom säga i mobilen. Det var det som utlöste handlingen och inte att tåget var på väg in. Jag skulle ha knuffat till honom i vilket fall som helst, och hade inget tåg närmat sig just då skulle han ha fallit ner på det tomma spåret och troligtvis överlevt. Jag ville bara att han skulle "trilla över kanten", eftersom det var det han stod och gjorde sig lustig över på alla ovaccinerade människors bekostnad. Jag tänkte det inte, men jag förstår att jag omedvetet blev påverkad av att han stod vid en kant när jag hörde vad han sa i mobilen och jag fick impulsen att knuffa honom. Jag planerade inte att döda honom. Det var ju ett under att ingen såg det eller att ingen övervakningskamera fångade in mig. Men det vimlade av folk på perrongen, så jag syntes väl inte i mängden. Och så fort det hade hänt fällde jag upp huvan på kappan och tog mig därifrån. Jag åkte upp i rulltrappan och sprang ut på torget och uppför den breda trappan till höger. Sen minns jag inte hur det var. Sen visste jag inte vad jag skulle göra. Jag gick bara omkring. Till slut klev jag på en buss och åkte hem.

Erik var så sjuk och verkade bara bli sämre och sämre. Jag orkade inte tänka på annat än det och sköt undan alla tankar på det som hade hänt. När tankarna ändå dök upp ibland greps jag av panik. Jag försökte dämpa obehagskänslorna genom att tänka på alla dumma och otrevliga saker som Otto hade sagt och gjort, som att man är fri att göra vad man vill med sin kropp men inte är fri att utsätta andra för livsfara genom att gå omkring ovaccinerad ute i samhället. Han tyckte att vi skulle låsas in. "Antivaxxarnas asociala beteende orsakar ett oerhört mänskligt lidande och måste få konsekvenser i form av hårda bestraffningsåtgärder eller tvångs-

282

vaccinering", sa han. Och en gång sa han att alla vaccinmot-
ståndare borde genomgå en avprogrammering på samma sätt
som sektmedlemmar och terrorister ibland får göra. Det satt
han och sa, som om det var vi, och inte alla vaccinerade, som
var hjärntvättade och programmerade. För det är ju helt up-
penbart vilken grupp det är som har blivit manipulerad och
grundlurad. Jag undrar hur han skulle ha reagerat om jag
hade sagt det? För innerst inne måste han ju ha varit med-
veten om att det var han som hade fel. Eller var han inte? Men
jag vet hur omöjligt det är att nå fram med sanningen till en
som har låtit sig luras. Och Otto hade jag inget intresse av att
upplysa.

Ibland kändes det nästan som om jag hatade honom. Det
kröp i mig av irritation när han satt där och trodde att han
visste och hade rätt när han i själva verket bara visade prov på
sin egen enorma begränsning. Jag fick anstränga mig till max
för att inte visa vad som rörde sig inom mig. Varje gång efter
hans död när jag mindes hur han var, försvann mina obehags-
känslor för en stund och jag tyckte att jag bara hade gett ho-
nom vad han förtjänade.

Han dog på grund av sin dumhet. Det gjorde Erik också,
men honom älskade jag, och det var inte jag som dödade ho-
nom. Det var det myndigheterna som gjorde. Jag och Sara
försökte på alla sätt få honom att avstå från vaccineringen,
men han lyssnade inte på oss vilka vetenskapliga fakta vi än
presenterade för honom. Jag förstår fortfarande inte hur han
kunde vara så otroligt dum.

Men nu är den dödliga pandemin helt plötsligt över och
vi hotas av kärnvapenkrig istället. Jag vet och förstår ingen-
ting längre. Efter att under två års tid ha matats med vinklad
och styrd nyhetsrapportering och oetisk vaccinpropaganda

har min tilltro till alla etablerade medier försvunnit totalt. Jag känner mig nästan hatisk till deras agerande och orkar inte höra mer. Jag vill veta vad som händer, men jag vet inte hur jag ska få reda på det. Jag vet till exempel inte hur jag ska hantera rapporteringen om kriget i Ukraina. Fakta som inte går att kontrollera blandas med tvärsäkra påståenden och lösa spekulationer från myndigheter och andra så kallade experter, precis som man gjorde under pandemin. Ingenting går att lita på eftersom det är omöjligt att skilja det ena från det andra. Jag är så dödens trött på det och tänker att vad spelar det för roll om det är en obeboelig planet, dödliga sjukdomar eller kärnvapenkrig som tar kål på oss, när det övergripande målet ändå tycks vara att utplåna hela mänskligheten.

– *Varför krigar Ryssland mot Ukraina?*
– *Jag vet inte, Maja. Alla säger så olika, och ingen verkar förstå det riktigt.*
– *Kommer det bli krig i Sverige också?*
– *Nej, det tror jag inte. Är du rädd för det?*
– *Ja.*
– *Men risken är väldigt liten.*
– *Mm. Vill du höra min uppsats?*
– *Ja, gärna.*
– *Vi skulle skriva om en sak som är bra för klimatet, och då skrev jag det här. Valen. En val gör klimatnytta genom att den är så stor. Medan den lever binder den cirka trettiotre ton koldioxid från atmosfären i sin gigantiska kropp, lika mycket som tusen träd. Och när den dör och sjunker följer kolet med ner till botten och blir kvar där i hundratals år. Och valens avföring har visat sig vara perfekt gödsel för att öka mängden växtplankton. Ju fler*

284

valar det finns, desto mer koldioxid kan havet fånga upp. *Enligt ekonomerna är dagens bestånd av stora valar värt tiotusen miljarder kronor för mänskligheten.* Naturen har många smarta lösningar för att ta upp koldioxid. Valarna är en. Valar och delfiner bör räknas till de intelligentaste arterna på jorden. De har en förmåga att tänka kreativt och att lösa problem. De har också stark social sammanhållning och är kända för att kunna samarbeta över gränserna. Valens största fiende är människan. Människan är den enda art som förstör livsmiljön för allt levande på jorden och därför är människan det dummaste och farligaste djuret av alla.